묵상 시집

내 영혼이 눈뜰 때

내 영혼이 눈뜰 때

초판 1쇄 인쇄 2011년 04월 06일
초판 1쇄 발행 2011년 04월 13일

지은이 I 차동길
펴낸이 I 손형국
펴낸곳 I (주)에세이퍼블리싱
출판등록 I 2004. 12. 1(제315-2008-022호)
주소 I 157-857 서울특별시 강서구 방화3동 316-3번지 한국계량계측협동조합 102호
홈페이지 I www.book.co.kr
전화번호 I (02)3159-9638~40
팩스 I (02)3159-9637

ISBN 978-89-6023-579-3 03810

묵상 시집

내 영혼이 눈뜰 때

차동길 지음

ESSAY

|묵상 시집을 내며|

여기
나의 영으로 듣고 마음으로 고백한
하나님의 말씀이 선포되었으니
읽는 자들에게 하나님의 축복이
넘쳐나길 원합니다.

아침에 나를 깨우시어
말씀을 묵상하게 하시고
지혜와 총명함을 주시어
하나님의 뜻을 알게 하셨으나

학문적 소양의 부족으로
주님의 뜻을 분별하여
글로써 표현함이 어려웠지만
하나님께서 주신 지혜로써
완성할 수 있었으니 감사합니다.

나라를 위하고
군을 위하고
나와 나의 가족을 위한

나의 기도에 응답하신 말씀이지만
누구든 기도하는 마음으로 읽으면
단어 하나 문장 한 줄로
축복의 은혜를 받으실 줄 믿습니다.

아침에 나의 기도를 들으시고
내 평생을 이끄신 하나님께서
나를 해병대 장군으로 세우시어
파수꾼의 사명을 감당케 하시고
주의 음성을 글로 기록하게 하셨으니

이 글을 읽는 모든 이가
더 큰 은혜로 축복을 받고
하나님께 영광을 올려드리길 소망하며 기도합니다.

Ⅱ 믿음

 **Ⅲ 소망**

I. 사랑

 # 내 집이 천국이다

섬겨야 할 주인
하나님이 계시죠

사랑해야 할
가족이 있죠

평안을 얻고
쉴 수 있는 따뜻함이 있죠

그리스도의 향이 나는
아름다움이 있죠

세상을 밝히고도 남을
소망의 빛이 있죠

그러니 내 집은
하나님이 세상에 만들어주신
작은 천국이랍니다.

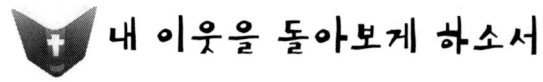 내 이웃을 돌아보게 하소서

여호와 하나님
내 이웃을 돌아보아

고난당하는 자에게
기도할 것을 권면하게 하시고

즐거워하는 자에게
찬송할 것을 권면하게 하시며

병든 자에게
함께 기도할 자를 청할 것을 권면하게 하사
내가 그들과 함께 기도하게 하소서

세상 유혹에 미혹되어 길 잃은 자를 찾게 하사
그들을 권면하게 하시고
주의 진리 앞으로 돌아서게 하소서

내 이웃을 돌아보지 못한 죄를 용서 하소서

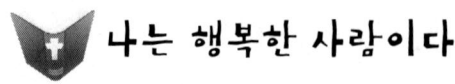 나는 행복한 사람이다

나는
슬퍼하는 사람 같지만
항상 기뻐하고
가난한 사람 같지만
많은 사람을 부요케 하며
아무것도 없는 것 같지만
모든 것을 소유하고 있는
행복한 사람

하나님이 내 안에 있고
그분에 대한 믿음이 있고
나의 든든한 지팡이
내 삶의 동반자
하나님이 보내준 친구
아내 명심이가 있고

세상에서 가장 귀한 선물
축복의 선물
기도의 동역자
예쁜 딸 송이, 소이가 있으니
나는 행복한 사람이다

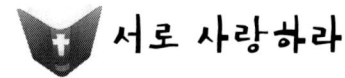 서로 사랑하라

하나님을 사랑하는 마음으로
모든 이를 사랑하라

하나님은 사랑이라 했으니
사랑이 있는 곳에서
사랑하는 그 순간이
하나님이 계심이다.

하나님의 사랑 안에는
여성과 남성
부자와 가난한 자
강한 자와 약한 자
권력이 있는 자와 없는 자
크리스천과 다른 종교인이 구분되어 있지 않다.

하나님의 사랑 안에는
우주만물을 소생케 하고
세상을 따뜻하게 하기에 충분한 열정과 능력이 있으니
사람과의 갈등
종교 간 갈등

사회적 갈등
국가 간 갈등을 녹이지 못할 것이 없다.
이것이 하나님의 사랑이다.

그런 하나님을 믿는 우리가
교회 안에서 성차별을 하고
세상적인 성공의 가치기준에 이끌리어
사회적 물질만능 풍조를 일깨워 주기보다는
그 풍조에 편승하여 세를 키우는데 힘쓰고
다른 종교인을 배척하여 갈등을 부추기는 것은
하나님을 크게 여기지 못하고
하나님을 작은 자로 만들며
하나님의 사랑을 경히 여기는 것이다.
밀밭 길을 가시던 예수님께서
사랑은 모르고 율법만 알던 우리에게
어리석음을 지적하셨던 것을 되새기며
잘못된 율법에 얽매여 사랑하지 못하고
오히려 갈등을 부추기며 터부시했던
우리의 죄를 고백하며 회개합니다.

 아침을 열며 드리는 묵상 기도

여호와여!
아침에 주께서 나의 소리를 들으시리니
아침에 내가 주께 기도하고 바라리이다.

오늘은 주님의 날
하루의 처음시간을 주님께 나가
회개하고 감사하며 간구하니
주께서 내 기도를 들으사
환상과 말씀으로 응답하시도다.

절제와 경건
믿음과 사랑
인내함을 온전하게 하고
선한 일의 본을 보이며
바른 말을 하여 책망 받지 말고
범사에 순종하여 하나님을 기쁘게 하므로
하나님의 교훈이 부패하지 않게 하라 하신다.

전에는 어리석은 자요
순종하지 아니한 자요

정욕과 행락에 종노릇 한 자요
악독과 투기를 일삼은 자요
가증스러운 자요
피차 미워한 자였으나

주님의 긍휼하심으로
중생의 씻음과
성령의 새롭게 하심이 있었으니
그의 은혜를 힘입어
의롭다 하심을 얻어
영생의 소망을 따라 가리라

범사에 비방하지 말고
다투지 말며
관용과 온유함을
모든 사람에게 나타내기를 원하노니
예수 그리스도의 크신 사랑으로
이웃을 사랑하여
은혜와 평강의 축복을 함께 나누길 소망하며
예수 그리스도의 이름으로 기도하노라

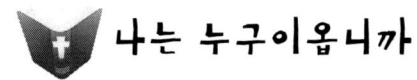

나는 누구이옵니까

여호와 하나님
나는 누구이옵니까
보잘 것 없고
혼자서는 바로 설 수 없는
하찮은 나에게
주께서 늘 함께 하고 계심은
무슨 이유입니까

여호와 하나님!
나는 누구이옵니까
주께서 주신 사명도 온전히 다하지 못하고
예수 그리스도가 가르쳐주신 사랑도 실천하지 못하는
부족한 나에게
하나님의 뜻을 미리 보여주시고
말씀으로 듣게 하심은
무슨 이유입니까

주님! 바라옵나니
주께서 다윗에게 행하셨던 것처럼
주께서 내게 환상으로 보여주시고

말씀으로 들려주신 대로 행하사
견고하게 하시어
주의 이름을 영원히 높이게 하옵소서.

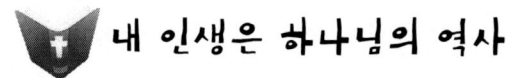# 내 인생은 하나님의 역사

다윗이
이새의 아들로 태어나
이스라엘의 왕이 되어
사십년을 다스리고

아들 솔로몬에게
왕의 자리를 물려주고
하나님 나라로 갔으니
이는
다윗의 생애요
이스라엘의 역사요
하나님의 역사이다.

나 또한
이 세상에 태어나
지금까지
이곳까지 살아왔고
앞으로도
알 수 없는 곳까지 살아야할 것이니
이러한 나의 인생도
하나님의 역사임을 믿는다.

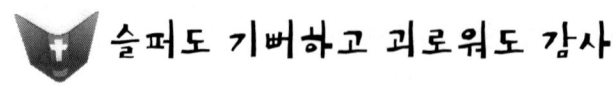 # 슬퍼도 기뻐하고 괴로워도 감사하라

우리는 하나님의 자녀가 되기 위해
열심히 예배드리고
열심히 헌신 봉사하며
아픈 마음을 참고 인내하여
미운 감정 감추며 어설프게 살아가곤 합니다.

그러나 하나님께서는
당신의 자녀가 되기 위해
어떤 조건도 노력도 요구하지 않으셨습니다.
오직 당신의 뜻에 따라
은혜를 베풀어 주심으로
자녀가 되는 권세를 주셨습니다.

하나님의 자녀가 되면
모든 일이 잘 될 줄 알았습니다.
인생에 목표했던 것
내가 기도하는 것
모든 것이 다 이루어질 줄 알았습니다.
마치 예수님의 제자들이 예수님께 기댔던 것처럼

나를 향한 하나님의 뜻이 무엇일까 궁금해 할 때
하나님의 존재마저 의심하려 할 때
하나님께서는 다음과 같이 말씀하셨습니다.

내가 너를 자녀삼은 것은
내가 내 목적에 따라 너를 쓰기 위함이지
너의 목적에 따라 너를 쓰고자 함이 아니니
괴로워하지도
슬퍼하지도
분노하지도
좌절하지도 말아라.
네가 예수 그리스도만큼이나 괴롭고 슬프더냐.
네가 예수 그리스도처럼 십자가에라도 매달려 죽게 되었느냐
예수 그리스도는 내 독생자 아들이다.
그가 세상에 한 인간의 모습으로 보내어졌지만
그는 너희의 죄를 대신하여 죽게 할
나의 목적에 따라 보내어졌으니
나의 뜻에 따라 아픔과 죽음으로 인류의 생명을 구원한 것이다.

이제 하나님과 나의 관계를 알았습니다.
왜 슬퍼도 기뻐해야 하고
왜 괴로워도 감사해야 하는지를 알았습니다.
이것이 나를 향한 하나님의 뜻이기 때문이고
이것이 내게 주신 자녀 된 권세의 증거이기 때문입니다.

그런데 그렇게 산다는 것이 참 힘이 듭니다.
그래서 예수님도 이 잔을 내게서 떠나게 하옵소서 라고
기도하시지 않았을까요.
그럼에도 불구하고 우리는 또 다른 예수님의 말씀에
귀 기울여 봅니다.
내 뜻대로 마옵시고 아버지 뜻대로 하옵소서.

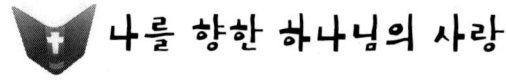 나를 향한 하나님의 사랑

하나님이 세상을 이처럼 사랑하사
독생자를 주셨으니
누두든지 그를 믿는 자마다
멸망하지 않고 영생을 얻게 하려 하심이라.

절벽에서 발을 헛디디어 떨어지려는 순간
가느다란 나뭇가지가 손에 잡히어
죽음을 면한다고 생각해보자
평생을 두고두고 잊지 못할
아찔한 기억이 될 것이다.

하나님은 나를 살리기 위해
독생자를 보내주셨고
그로 말미암아
절벽에서 죽음을 면하게 되었으니
나를 향한 하나님의 크신 사랑을
어찌 외면할 수 있겠는가.

그럼에도 니고데모가 그랬던 것처럼
영적인 거듭남을 이해하지 못하고

연약한 믿음으로 하나님을 의심하며
세상 것에 기웃거렸으니
안타깝고 안타까운 일이로다.

이제 성령 충만함으로 거듭나
죄 용서함을 받고
하나님을 위하여
하나님에 의한 삶으로의
큰 변화를 소망한다.

주여! 이 죄인을 용서하소서.
그리고 성령 충만함으로 거듭나게 하소서.

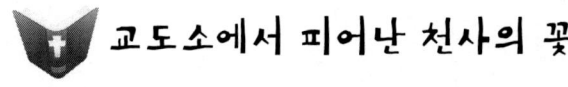# 교도소에서 피어난 천사의 꽃

영화사상 최초로
청주여자교도소에서 촬영한
영화 '하모니'

착하고 아름다운 마음으로
험한 세상을 살다가
죄를 증오하다 못해
자신이 죄를 짓고
교도소에 수감된 여인들

교도소에서 아들을 낳아 기르는 정혜
18개월 후면 법에 따라 입양을 보내야 하겠기에
아들과 단 하루의 외출을 위해 합창단을 결성하고
전직 음대 교수인 사형수 문옥이 지휘를 한다.

깊은 상처를 지닌 성악 천재 유미
프로레슬러 출신의 연실
밤무대 뽕필로 합창단 물을 흐리는 화자
도저히 어울릴 수 없을 것 같은 이들이
아름다운 화음을 갖추게 되고

4년 뒤 전국 합창대회까지 진출하게 된 '하모니'합창단

교도소 담장을 넘어 전국에 울려 퍼진
그녀들의 감동적인 목소리는
죄로 얼룩진 세상의 한복판에
피어난 아름다운 천사의 꽃

합창대회를 마친 후
사형수 문옥의 사형이 확정되고
딸 부부와 하룻밤을 함께하며
생의 기쁨을 감추지 못하던 문옥의 사형이 집행되면서
극장 안 조명이 밝게 비춘다.

눈물 없이 볼 수 없는 감동의 드라마
죄를 증오하지 말자.
증오할 자격도 없거니와
증오하는 것 또한 씻을 수 없는 죄임을 깨우쳐 준
감동의 드라마

교도소에서도 천사의 꽃이 피어났으니
이는 죄로 얼룩진 우리를 사랑하사
독생자를 보내시어 구원해 주심으로
사랑할 수 있는 마음을 갖게 하기 때문이다.

 복 있는 처세술

예수님이 스스로 제자들의 발을 씻어 주심은
사랑을 실천하라는 가르침을 주십니다.
특히 내리사랑이라고나 할까
물이 위에서 아래로 흐르듯
위에 있는 자가 아래 있는 자에게 베푸는 사랑이다.

또한 종이 주인보다 크지 못하고
보냄 받은 자가 보낸 자보다 크지 못하다 하시며
질서 있는 관계를 가르쳐 주십니다.

아무리 못난 상관이라 해도
그를 주인으로 섬기는 마음을 갖는 것이
아래 있는 자의 도리임을 가르쳐 주시며
이것을 알고 행하는 자는 복이 있다 하셨습니다.

세상가운데 살아가면서
좋은 인간관계를 유지하고 사는 방법은
위에 있는 자의 사랑과 베풂이며
아래 있는 자의 존중과 섬김임을 깨닫습니다.

오늘도 만나는 모든 이를
사랑하는 마음으로 존중하고
베풀 수 있기를 다짐해봅니다.

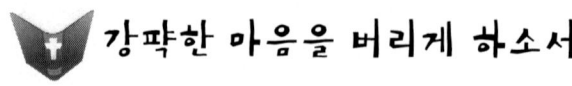 강퍅한 마음을 버리게 하소서

하나님이 아닌 다른 신을 쫓는 마음
하나님 말씀을 의심하거나 거역하는 마음
설마 하며 하나님을 시험하는 마음
말씀묵상과 기도를 게을리하는 마음
미움 시기 질투로 투기하는 마음
이웃을 사랑하지 못하는 마음
불쌍한 자를 보고도 돕지 않는 마음
사물을 부정적 시각으로 바라보는 마음
나의 약점을 받아들이지 못하는 마음
나의 죄를 회개하지 못하는 마음
하나님 일보다 세상일에 우선을 두는 마음
선과 악 사이에서 악을 쫓는 마음
참고 인내하지 못하고 급하게 분노하는 마음
주여! 이런 강퍅한 마음을 버리게 하소서

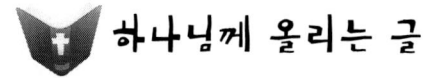# 하나님께 올리는 글

여호와 하나님
오늘 아침은 이렇게 글을 써봅니다.
예레미야서 내내 보여주신 여호와 하나님은
칼, 기근, 멸절, 도륙, 심판 등
천하 만민과 만물을 황폐케 하시는 분이십니다.

유다백성들의 우상숭배로 비롯된 것이라지만
저들이 여호와 하나님과 늘 마주보고 있는 것도 아니고
아무 때고 대화하며 살 수 있는 것도 아니지 않습니까.

선지자 한사람을 통해 말씀을 하고 계신다고 하지만
워낙 많은 선지자들 중에 누가 진짜 선지자인지도 분별하지 못하는데
어찌 저들이 주님의 뜻을 안다 말입니까

그런 백성들에게 긍휼을 베풀어 용서하시지 않으시고
꼭 이렇게 심판하셔야만 했습니까.
여호와 하나님에게도 책임이 있으십니다.

하나님께서는 우리 모두의 생각과 마음을 움직이시는 분입니다.
심판이 아니라도 얼마든지 우리의 생각과 마음을 움직여

주의 뜻을 따르게 하실 수 있는 전지전능하신 분입니다.

그런 주께서 유다백성들의 잘못됨을
선지자 한사람에게만 말씀하신 것은
사실상 묵인하신 것이나 다름없습니다.

또 바벨론의 마음을 강퍅하게 하시어
유다백성들을 포로로 잡아가게 하신 것도
바벨론을 죄악의 길로 인도하신 잘못이 있습니다.

여호와 하나님
하나님께 책임을 전가하려는 뜻이 아닙니다.
한 달을 넘게 주의 말씀을 묵상하며
하나님이 너무 무섭고 두려운 존재로만 여겨지기에
이렇게 편지를 쓰게 되었습니다.

하나님을 믿으며 가장 마음에 와 닿은 것은
하나님은 사랑이라는 것이었습니다.
하나님의 사랑만 있으면
세상 어떤 문제도 해결되지 않는 것이 없다는 것을 깨달았고

참 좋으시고 선하시고 능력 있으신 하나님이
내 안에 계심을 자랑스럽게 여겼습니다.

그런데 그런 하나님이 원래 이렇게 난폭하신 것인지
이 분이 진짜 나의 하나님이신지 정말 실망했습니다.

물론 우리의 죄악 때문임을 고백하고 인정합니다.
하지만 긍휼을 베푸시길 좋아하시고
은혜와 평강으로 축복하기를 원하시는 하나님임을 믿기에
유다백성들에 대해서도 용서하여주실 것을 소원합니다.

여호와 하나님
오늘 아침 투정어린 저의 편지에 또 분노하지 마시고
큰 사랑으로 품어주시기를 원하며
예수 그리스도의 이름으로 기도 올립니다.

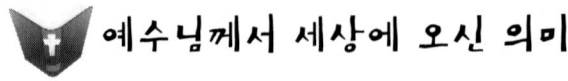 예수님께서 세상에 오신 의미

예수 그리스도께서
세상에 오신 의미를 생각해본다.

인류 구원을 위하여
성령으로 잉태되어
누추한 마구간에서 태어나고
하나님 말씀을 가르치고 전하며
병든 자를 고쳐 주시다가
종교 지도자들에 의해
십자가에 죽으셨으니
곧 하나님의 사랑이다.

인류 구원을 위한
그분의 사랑 앞에
명예와 권력
부요함이 무슨 소용인가
교단과 직분이 무슨 소용인가
하나님을 믿는 방식이 무슨 소용인가

따지는 것 자체가 사랑 없는 인간의 욕망이니
나를 버리고
모두를 받아들일 수 있는 사랑
그런 사랑을 본 받아야하지 않겠는가

 나는 당신의 아름다움을 보았어요

나는 당신의 아름다움을 보았어요.

당신의 가장 아름다운 마음을요.

그것이 당신의 전부예요.

그것을 발견하는데 오랜 시간이 걸리지 않았어요.

그 모습을 찾기도 쉬웠어요.

정말 아름다워요.

매일 매 순간 나는 당신의 아름다움을 봅니다.

당신은 하늘의 별처럼 빛나 보입니다.

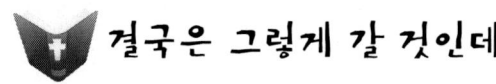 # 결국은 그렇게 갈 것인데

간절한 바람
기다림
환희
그리고 실망
후회

우리 인간들의
일반적인 삶의 모습이다.

어제 본
휴먼 다큐멘터리에서
폐암 말기의 두 아이의 엄마
그리고 그를 정성으로 간호하는 남편을 보았다.

엄마는 결국 세상을 떠났고
헤어짐의 순간은
너무도 슬프고 고독했다.

나는 울었다.
펑펑 울었다.
해외여행 중인 아내가 그리웠다.
보고 싶어 또 울었다.

결국 그렇게 갈 것을
우리는 왜
이 작은 손아귀에
세상을 다 쥐려할까.
덧없는 세상에서

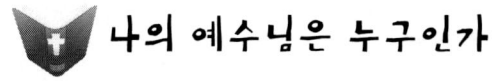# 나의 예수님은 누구인가

나의 예수님은 누구인가.
하나님께서 인간의 모습으로 세상에 오시어
보이지 않는 하나님의 형상으로 보여주신 분
가장 먼저 창조된 분으로 우주 만물을 창조하신 분

우주 만물이 그분 안에 존재하고
그분도 영으로 오시어 내 안에 거하시니
나를 향한 사랑과 은혜, 평강과 축복은
예수 그리스도의 마음이심을 고백하노라.

사도 바울의 기도처럼
하나님의 뜻을 아는 지혜와 명철이 넘쳐나고
선한 일에 열매 맺기를 원하는 마음으로
간구하며 기도하노라.

나의 죄를 사하신 예수 그리스도께서
은혜와 평강이 넘쳐나게 하시니
나로 인하여 나를 아는 모든 이가
축복받으며 감사하는 오늘이 되기를 원하노라.

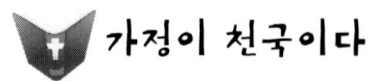 가정이 천국이다

가정은
하나님이 주신 천국

천국의 삶은 이러하니
남편은 아내를 사랑하고
사랑하는 마음으로 도와야 하며

아내는 남편의 가정적 권위를 세워
그에게 순종하는 마음을 가져야 하고

자녀는 아직 완성되지 않은 성품이니
부모에게 순종하고
부모는 자녀들을 조심스럽게 대해야 할 것이다.

그래야 하나님께서 기쁘다 하실 것이다.

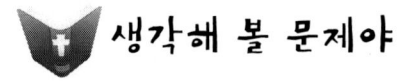 생각해 볼 문제야

동네 어귀에 맑은 개울물이 흐른다.

독사뱀이 이 물을 마시니
생명을 죽이는 독을 만들어 내고

젖소가 이 물을 마시니
하얀 우유를 만들어 낸다.

내 영혼을 붙들자가 누구인가

성령님께 붙들림을 받으면
사랑을 만드는 하나님의 자녀가 되는 것이고

사탄의 손에 붙들리면
미움과 시기 질투를 만드는 사탄의 자녀가 될 것이다.

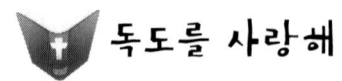

독도를 사랑해

우리조국
대한민국의 동쪽 끝자락에서
몸의 전부를
깊은 바다 속에 담금 채
머리만 하늘을 쳐다보며
망망대해의 외로움을 가득 안은 섬

바다를 지키는 파수꾼에게는
역동하는 조국의 심장소리를 들려주고
하늘을 나는 갈매기에게는
평안의 안식처를 주는 평화의 섬

너의 모습은
마치 새하얀 면사포를 쓰고
푸르름 지닌
긴 옷자락을 늘어뜨리며
조국 대한민국을
따뜻하게 품고 있는 여인의 형상이구나

너의 자태가 너무 아름답고
너의 가슴이 너무 따뜻하며
너의 쉴 곳이 너무 포근하기에
우리는 너를 사랑한다.
우리는 너를 지키려 한다.
그리고 너를 위해 기도한다.

# 벚나무 마을이 봄 잔치로 분주합니다

벚나무 마을이 봄 잔치로 분주합니다.
어젯밤 천둥 번개가
굵은 빗줄기를 내려 쏟더니
오늘 아침 벚나무 마을은 무척 분주합니다

마을을 봄 단장하기 위해
깊은 지하수를 끌어올리고
쏟아지는 빗물을 머금어
마을 구석구석을 대청소하네요.

방에서는 꼬마 벚꽃이
겨우내 감고 있던 눈꺼풀을 치켜뜨며
눈망울을 말똥말똥 보이고
밖에서는 어서 일어나라고
바람소리가 외쳐대네요

하얀 옷으로 갈아입고
단맛의 꿀을 비지며
버찌를 만들고
집을 봄 단장하는 것이
머지않아
벚나무 마을에 봄 잔치가 열리겠죠.

옆 동네 개나리 마을에서도
벚나무 마을의 봄 잔치에 초대받아
모두가 노랑 옷을 갈아입었던데
우리 부부도 화사한 예복을 준비해야겠어요.

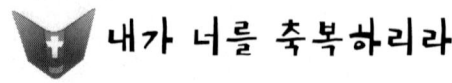 ## 내가 너를 축복하리라

대적하는 자가 많아
너를 시기하고 질투하나니
너를 보호할 자는
오직 나 여호와니라.

나는 너의 방패가 되고
너의 영광이 되며
너의 머리가 되나니
네가 내게 부르짖을 때
내가 성산에서 응답하리라.

천만인이 너를 둘러치고
너를 쓰러트리려 해도
네가 두려워하지 않을 것은
내가 너를 구원하여 보호할 것이며
내 손으로 네 원수를 꺾을 것이기 때문이다.

내가 너를 축복하리라.

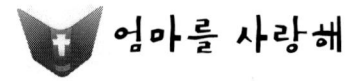

엄마를 사랑해

열대야로 잠 못 이룬 밤
이른 새벽 아침
의식의 눈이 떠질 쯤
갑작스레 떠오른 생각

어린 시절 추운 겨울 새벽
아궁이에 장작 넣어 불 지피고
교회 새벽 종 치며
첫 예배의 시작을 알리신 울 엄마

울 엄마가 생각난다.
삶의 전부를 하나님께 드리고
삶의 전부를 자식에게 주었던
세상에서 가장 예쁘고
세상에서 가장 아름다운 울 엄마

하나님은 울 엄마를 위하여
천국 잔치를 준비하고
하나님의 때를 기다리시겠지.
세상에서의 희로애락이

허무함으로 다가올 때
그때 하나님은 계획된 일을 행하실 것이다.

살아계실 때
울 엄마 젖 물고
가슴 속에 파묻혀 엉엉 소리 내어 울며
다 하지 못한 자식의 도리를 용서받고 싶다.
눈물 난다.
절절히 눈물 난다.
오늘 아침 왜 이리 슬플까.

 ## 사랑하라! 서로 사랑하라!

사랑하라! 서로 사랑하라!
아무리 교회가 말씀에 기초하여
죄를 미워하고
잘못된 것을 바로잡으며
예배를 위해
열심히 섬기고 헌신하며 봉사한다 해도
사랑이 없으면 모든 것이 헛된 것이다.

예수님께서 십자가에 매달려 죽으심은
하나님의 뜻 즉 정의의 길이
얼마나 고통스럽고 험난한 길인지를 깨우쳐 준다.
그러나 예수님의 부활은
정의는 반드시 승리한다는 진리도 가르쳐 준다.

정의의 길은 험난하고 고통스럽지만
반드시 승리한다는 진리뿐만 아니라
고통 속에 사랑이 있었음을 깨우쳐 준다.
예수님은 정의를 위해 투쟁하며 싸우지 않았다.

오히려 저들이 저들의 죄를 알지 못함을 안타까워하며
하나님께 용서를 구했다.
이것이 사랑이다.

오늘 주님은 에베소 교회뿐만 아니라
우리 모두에게 말씀하신다.
서로 사랑하라고
아무리 죄를 범치 않는다고 해도
사랑이 없다면 그 또한 죄임을 깨우쳐 준다.

혹시 우리가 교회에서
열심히 예배하고, 봉사하고, 섬김으로
누군가의 마음에 상처를 주고 있다면
그것은 사랑이 없기 때문이다.
사랑합시다. 서로 사랑합시다.

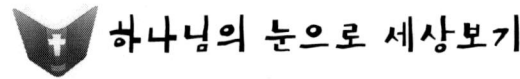 하나님의 눈으로 세상보기

세상은 선(善)하다.
세상이 악(惡)하다 함은
선(善)이 사라졌기 때문이다.

세상은 밝다.
세상이 어둡다 함은
빛이 사라졌기 때문이다.

세상은 공정하다.
세상이 불공정하다 함은
정의가 사라졌기 때문이다.

세상은 따뜻하다.
세상이 차갑다 함은
사랑이 식었기 때문이다.

하나님은 사랑이시기에
선(善)하고
공의가 넘치는
밝은 세상을 주셨으나

사랑이 식어
악(惡)하고
공의가 사라진
어두운 세상이 되었으니
하나님 보시기에 안타깝더라.

십자가는 많으나 사랑이 없는 나라

하루 12시간 일하고
월급 50만원
그것도 7개월 일 하고
5개월밖에 받지 못한 어느 외국인 청년의 이야기다.
사람들은 그를 야인마라고 부른다.
늘 욕설의 대상이 되었기 때문이다.

60년 전 풍전등화의 위기 속에서
우리 조국 대한민국을 구해준 것이 누구인데
벌써 잊었단 말인가.

오래전부터 조선족들과 외국인들이
돈을 벌어 잘 살아보고자 큰 꿈을 안고
희망의 나라 대한민국을 찾아오고 있다.

또 많은 탈북 새터민들이
자유 대한에서 새로운 삶을 꿈꾸며 살아가고 있다.

그런데 그들은 저임금은 물론이고
비인간적 대우로 인해

한국 사람들을 무서워하고 있다.
이 입소문은 이미 북한 주민들에게
전달되어져 있다고 한다.

그만큼 우리는 외국인들을 무시하면서 살고 있다.
전국방방곡곡에 하늘로 치솟은 십자가는 많은데
십자가 아래 살아가는 우리는
가장 지독하고 참혹한 인간성을 보이며 살고 있다.

이제 교회가 나서 하나님의 사랑을 나누어야 할 때다.
외국인 근로자를 사랑으로 대할 수 있는
사회적 풍토로 바꾸어나가야 한다.
그 중심에 하나님이 계시기 때문이다.

II. 믿음

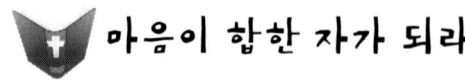 # 마음이 합한 자가 되라

마음이 합한 자가 되라.

아무리
입으로 하나님을 외치고

아무리
하나님의 자녀인 것처럼 행동해도

마음이 하나님께 합하지 않으면
외침도
행동도
모든 것이 다 교만일 뿐이다.

진정 마음이 합한 자가 되라.

천사가 바람 되어 오다

새벽기도를 마치고
교회 문을 나선다.

여름날 아침
부는 바람에
상쾌함이 느껴지는 순간
떠오르는 영감

아! 천사이다.
천사가 바람 되어 오니
나뭇잎의 흔들림은
축복의 갈채이니

감사하네
감사하네
주의 천사를 만나
축복의 갈채를 받으니
감사하네.

# 모든 것이 뜻대로 되리라

모든 것이 하나님 뜻대로 되리라!

기쁨도

슬픔도

아픔도

어려움도

즐거움도

모든 것이 다 하나님 뜻을 이루어 가는데 필요한 양념과도 같은 것

체념도

포기도

자만도 하지 말고

겸손하게 최선을 다하라.

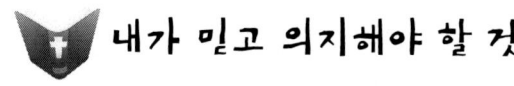 내가 믿고 의지해야 할 것

누구에게도 해를 주지 않는
마른 막대기

어찌 보면
죄와 허물로 인하여
그 마른 막대기만도 못한 나

그러나
그 마른 막대기에
생명을 불어넣어
움이 트고
싹이 돋고
꽃이 피고
열매를 맺게 하는 자가 있으니

곧
내가 믿고 의지해야 할
여호와 하나님이시다.

높은 위치에 있다면
모세가 이스라엘 백성들을 위해 그랬던 것처럼
낮은 자를 사랑하여
그들이 원망의 소리를 하여도
그들을 용서하고
여호와 하나님 앞에 속죄하며
그들을 위해 축복의 기도를 올려야 한다.

낮은 위치에 있다면
이스라엘 백성들이 모세에게 행했던 것처럼 하지 말고
자신 위에 세워진 자를 존경하고 신뢰하며
여호와 하나님이 그를 통하여
나를 이끄신다는 믿음으로
그에게 순종해야 한다.

이 모든 것이 여호와 하나님의 뜻이니
여호와 하나님은
이스라엘 백성에게 행하셨던 것처럼
당신이 세우신 지도자를 반하여
원망하고 비방하는 자를
용서하지 않고 징계하신다.

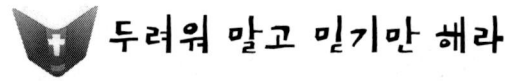 ## 두려워 말고 믿기만 해라

두려워 말고 믿기만 해라.
내가 너를 살리어 일어나게 하리라.

네가 아무것도 할 수 없음을 인정하지 않고
네 힘과 능력에 의지하였으니
너무도 부족하여 이룰 수 없다는 생각이
너를 지배하여
두려움이 너를 불안케 하는구나.

너를 위해 피 흘려 죽으신
예수 그리스도의 십자가 앞에서
너의 십자가를 지고 네가 죽을 때
너는 아무것도 할 수 없음을 인정하고
네 힘과 능력을 다 내려놓아
네 주님만을 믿을 수 있을 때
평안함이 너를 부요케 할 것이다.

지금의 형편은
앞을 볼 수 없는 어두움뿐인 것 같고
너를 도울 자 아무도 없어 보이지만

네가 두려워하지 않음은
너의 모든 것을 내려놓고
주님만을 믿고 의지하기 때문이다.

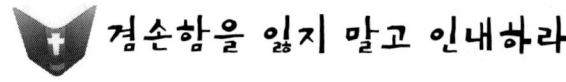# 겸손함을 잃지 말고 인내하라

예수님께서 이방인 집에 들어가셨어요.
한 이방 여인이 찾아와
발아래 엎드려 간청하였죠.
딸에게 들어온 귀신을 쫓아내 달라고

예수님은 말씀하셨어요.
자녀로 먼저 배불리 먹게 하고
자녀의 떡을 취하여
개들에게 던짐이 마땅하지 않다고

여인의 마음은 몹시 아파왔어요.
이방인을 멸시하는 듯한 예수님의 말씀
자신을 개로 비유한 말씀에 받은 마음의 상처
자존심이 깨어지고 자괴감마저 들었을 것 같아요.

하지만 여인에게는
오직 딸을 귀신의 손에서 구해야 한다는 마음밖에 없었어요.
여인은 겸손함과 마음의 평정을 잃지 않고
부스러기라도 줄 수 있지 않습니까 하고 반문하였어요.

예수님은 그 여인의 간절하고도 큰 믿음을 보시고
여인의 원대로 귀신을 쫓아내셨어요.

오늘 주님은 내게 펼쳐질 그 어떤 상황에서도
겸손함을 잃지 말고 인내하라 말씀하십니다.
내가 이방인 취급을 당해도
내가 외톨이가 되어도
내가 개 취급을 당해도
내가 그 어떤 천한 존재로 떨어져도
분노하지 말고 겸손함을 잃지 말라고 하십니다.
그리하면 나를 들어 세우신다고…

보지 않고 믿는 믿음을 가져라

내가 네게 보여줄 것은
다 보여 주었고

내가 네게 하고 싶은 말도
다 하였으니

더 이상
내게서 표적을 구하지 마라.

내가 보여준 대로
내가 말씀으로 들려준 대로
믿기만 하라.

그것이 너의 믿음이니라.

기도와 믿음만 있으면 능치 못 할 일이 없느니라

한 아비가 예수님의 제자들에게
귀신들린 아들을 데리고 와서
귀신을 쫓아내 달라고 청하였어요.
제자들은 귀신을 쫓아내지 못했어요.

예수님이 오시어
안타깝게 말씀하십니다.
믿음이 없는 세대여
내가 얼마나 더 참아야 하느냐.

그리고는 그 아들을 데려오라 하시고
언제부터 귀신들렸냐고 묻습니다.
아비는 어릴 때부터라고 대답하며
할 수 있거든 귀신을 쫓아내 달라고 청합니다.

예수님께서 말씀하십니다.
할 수 있거든이 무슨 말이냐.
믿는 자에게 능히 하지 못할 일이 없느니라.
그리고 곧바로 귀신을 쫓아내십니다.

그러자 제자들이 예수님께 묻습니다.

왜 저희들은 귀신을 쫓아내지 못하나이까.

예수님께서 대답하십니다.

기도 외에는 할 수 있는 방법이 없다고

믿음이 연약하여

사람에게 의지하려 하지 말고

오직 기도와 믿음으로

주 여호와 하나님께 모든 것을 맡기고 의지하면

능치 못할 일이 없음을 말씀하십니다.

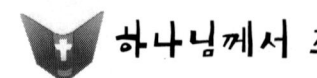 **하나님께서 조건 없이 나를 부르신다**

오늘 아침
하나님께서 조건 없이 나를 부르신다.

그리고
하나님의 말씀에 귀 기울여 들으라 하신다.

지금이
하나님을 만나야 할 때라고

그리고
말씀 속에 영원한 언약이 있다고

하나님께서는
모든 죄를 용서하시고
긍휼을 베푸시기 원하신다고

그 징표로 보여주시겠다고 약속하신 것이 있으니
가시나무가 잣나무로
찔레나무가 화석류로 변화되는
기적의 능력을 베푸시겠다고 하신다.

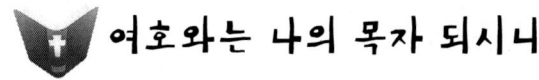

여호와는 나의 목자 되시니

내가 여호와로 말미암아
크게 기뻐하며

내 영혼이 나의 하나님으로 말미암아
크게 즐거워하리니

이는 그가 구원의 옷을 내게 입히시고
공의의 겉옷을 내게 더하심이
신랑이 사모를 쓰며
신부가 자기 보석으로 단장함 같게 하셨음이다.

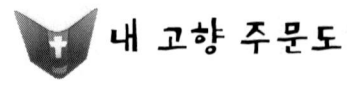 내 고향 주문도

봄이면
한 아름 싱아 꺾어
허기진 배 채워가며
마을 공터에 모여 새끼 줄 감아 만든 공으로
축구를 하고

여름이면
대빈창 모래밭 고인 물에
벌거벗고 뛰어들어 헤엄치고
해당화 목걸이 만들어
주렁주렁 목에 걸고
배고플 때마다 하나씩 빼먹고

뜨거운 햇살 맞으며
갯지렁이 잡아
망둥이 낚시하다가
낚싯대 갯벌에 꽂고
갯골 물에 뛰어들어 마을 어귀 물 밀 때까지
헤엄치며 놀던 곳

가을이면
추수한 남의 집 땅콩 밭에 들어가 이삭 줍고
단풍진 산에 올라 보리수 따먹으며
친구 집 소먹이로
온종일 풀밭을 뒹굴고 총싸움하던 곳

겨울이면
눈 내린 봉구지산 언덕길 올라
볏 집으로 만든 눈썰매 타고
방앗간 양지바른 곳에 모여
구슬치기 자치기하며 놀다 지쳐
굴뚝에 흰 연기 나올 때
허기진 배 움켜쥐고 가마솥 뚜껑 열어
고추장에 보리밥 비벼먹고
우리 투거리 밥 잘 먹는다는 칭찬에 으스대며
긴긴 겨울밤을 보냈던 곳

해명호 강화호가 올 때면
육지 간 누이 오지 않을까
배 터에 나가 기웃거리다

허전한 마음에 그리움을 채우고 돌아섰던 곳
이곳이 내 고향 주문도라네

나이 오십이 되어 돌아보니
배고픔도 그리움도 외로움도
어릴 적 나와 함께 놀던 친구였으니
모든 것이 다 하나님의 축복이다.

젖과 꿀이 흐르는 축복의 땅 주문도를 그리며…

 **말씀의 힘**

태초에 하나님과 함께 계셨던 말씀
하나님께서는 말씀으로 세상을 창조하셨으니
말씀이 곧 하나님이시라.

말씀에는 생명이 있으니
곧 사람들에게 빛이라.
이 빛이 어두움을 비추나
아무도 깨닫지 못하더라.
이 빛이 곧 그리스도 예수이니라.

하나님이 말씀이시고
말씀은 생명이 있는 빛이며
그 빛이 예수 그리스도이시니

예수 그리스도는
어느 한 시대에만 계신 분이 아니고
지금 바로 우리 가운데 와 계신 빛이니라.

 주님 앞에서 나는 어떤 사람인가

주님 앞에서 세례 요한은
예수님보다 6개월 먼저 와서
율법주의자들의 공포 앞에서도
의연하고 당당하게
예수 그리스도의 오심을 전하면서
자신은 그분의 신발 끈 풀기도 감당하지 못한다는
겸손함을 보였다.

주님 앞에서 나는 어떤 사람인가.
하나님을 위한
하나님 중심의 예배를 드리지 못하고
나만의 복을 구하는
나 중심의 조건부 예배를 드렸으며

하나님의 은혜로 얻은 감사함을
나의 영광으로 돌리는 오만함을 보였고

세상 권력 앞에서
예수 그리스도를 드러내는데
당당하지도 의연하지도 못하였으니
나는 죄인이로소이다.

여호와여! 여호와여!
이 죄인을 용서하시고
성령 충만함으로 나를 다시 세우시사
세례 요한처럼 주님 앞에서 지극히 겸손하고
세상 권력 앞에서도 당당하고 의연한
주님의 귀한 자녀가 되게 하소서

 나는 거듭난 사람인가

거듭남이란 무엇인가.
Born again 다시 태어남이다.

예수님은 말씀하신다.
거듭나지 않으면 하나님 나라를 볼 수 없고
물과 성령으로 나지 않으면 하나님 나라에 들어갈 수 없다고

다시 태어남은 무엇인가.
내 영이 태어나는 것

나는 거듭난 사람인가.
거듭난 증거가 무엇일까.
술과 담배를 끊고
거짓말하지 않고
교만하지 않고
이런 행동의 변화가 거듭남의 증거인가.

이러한 변화도 증거가 되겠지만
무엇보다 내 삶의 중심이
나 자신으로부터 하나님에게로 완전하게 이동한 것이 아닐까.
그렇다면 나는 거듭난 사람인가.

주여! 세상적인 가치를 내려놓고
오직 하나님 중심의 삶으로 거듭나게 하옵소서.

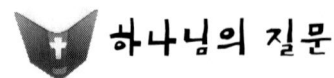 # 하나님의 질문

사람이 하나님의 일을 행함에
하나님의 뜻을 구한 것이
하나님의 영광을 위함이요.

세상의 뜻을 구한 것은
자기의 영광을 위함이라.

나의 신앙은
하나님을 위함인가.
나를 위함인가.

오늘 아침 주님은
내게 이런 질문을 던지십니다.

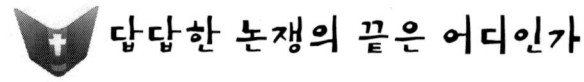# 답답한 논쟁의 끝은 어디인가

내가 얼마나 더 말해야 하느냐.
내가 어디서 왔고 어디로 갈 것인지
내가 누구이고 내 아버지가 누구인지
율법이 무엇이고 은혜가 무엇인지
그만큼 말했건만 얼마나 더 말해야 하느냐.

내가 얼마나 더 기적을 보여주어야 하느냐.
죽은 자를 살리고
병든 자를 고쳐주고
오병이어의 기적을 베풀고
바다를 걸으며 폭풍우를 잠재우고
그만큼 보여주었건만 얼마나 더 보여주어야 하느냐.

이 답답한 논쟁의 끝은 어디인가.
십자가에서 죽음 그리고 부활
그리고 예수님께서 재림하실 때까지
인류구원을 향한 논쟁은 계속 되어야 하나
우리의 어리석음을 용서하소서.

 # 당신도 오늘 특별한 경험을 할 것입니다

태어날 때부터 맹인이었으니
늘 누군가의 도움을 받아야 했지만
보지 못하는 것으로는 불편함이 덜 했어요.
다만 할 수 있는 일이 없어
걸인으로 살 수밖에 없었어요.

처음에는 누구나 다 나 같은 줄 알았는데
살면서 보니 나만 맹인인 것 같았어요.
난 왜 볼 수 없는 걸까.
난 왜 이렇게 태어난 걸까.
좌절감과 비애를 느끼며
가끔은 그냥 죽어버리고 싶었어요.

어느 날 생각지도 않게 예수라는 분을 만났어요.
자기들끼리 나에 대해 대화를 나누고 있었어요.
내가 맹인으로 태어난 것이 나의 죄인가.
아니면 내 부모님의 죄인가에 대한 대화였어요.
또 한 번의 비참함을 느끼면서
한편은 누군가가 나에 대한 관심을 보여주는 것이
고맙고 감사했어요.

더욱 놀라운 것은 누구의 죄도 아니고
하나님이 하시는 일을 나타내기 위함이라는
예수님의 이상한 말씀이었어요.
비록 눈은 뜰 수 없었지만 빛을 보는 듯했어요
내가 하나님의 도구로 쓰임 받는다는 말이죠.
잠시 후 예수님은 내 눈에 진흙을 바르시고는
실로암 못에 가서 씻으라 하셨어요.

하나님이 하시는 일을 나타내기 위한다는 말이 있어서인지
내 눈에 진흙을 바르는 것이 그리 나쁘지는 않았어요.
다른 사람의 부축을 받으며 실로암 못으로 갔어요.
물로 눈을 씻는 순간 정말 기절하는 줄 알았어요.
내 눈이 떠졌어요.
태어나서 처음으로 세상을 바라보았어요.
와 이 감격…
여러분은 아마 이해하지 못할 것입니다.
어찌 하나님께 감사하지 않겠어요.
어찌 하나님의 존재하심과 그분의 능력을 인정하지 않겠어요.
어찌 그분의 말씀에 순종하지 않겠어요.
당연히 하나님께 모든 영광을 올려드려야겠죠

여러분!

혹시 태어나면서부터 장애를 갖고 계신 분 있습니까.

혹시 살아가면서 고통과 고난의 상황을 맞이하신 분 있습니까.

좌절하거나 포기하지 마세요.

모든 것은 다 하나님이 하시는 일을 나타내기 위함이니

하나님의 일을 위해 귀한 도구로 쓰임 받게 되었다는 생각으로

감사하세요 그리고 꿈을 꾸며 기대하세요.

나는 꿈도 꾸지 못했고 예수가 누구인지도 몰랐어요.

아주 우연하게 길가에서 예수라는 분을 만난 것이 전부예요.

그런데 알고 보니 우연이 아니고 다 하나님의 계획이었어요.

하나님은 여러분에 대한 계획도 갖고 계십니다.

여러분도 오늘 하나님을 만나는 아주 특별한 경험을 할 것입니다.

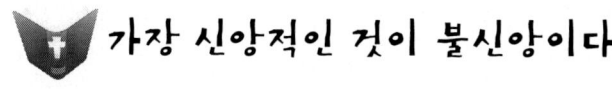

가장 신앙적인 것이 불신앙이다

죄의 속성은
미움, 시기, 질투 그리고 아집과 편견이다.
또한 인간의 속성은
변화를 싫어하고 두려워한다.

율법에 사로잡혀
율법의 틀을 깨지 못하는
바리새인과 유대인들의 아집과 편견을 보라.

이들은 율법을 지키는 자신들이
가장 신앙적이라고 믿고 있다.
율법적 신앙은
눈앞에 예수님을 두고도
예수님이라 믿지 못한다.
이들의 아집과 편견 때문이다.

지금 나의 모습은 어떤가.
열심히 교회 출석하고
열심히 말씀 묵상하고

열심히 기도한다고
가장 신앙적이라 할 수 있는가.

믿음이 없는 열정이
가장 무서운 불신앙임을 되새겨본다.

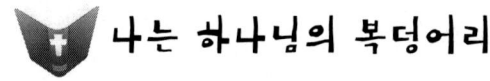 # 나는 하나님의 복덩어리

하나님이 사람의 마음을 움직이시니
어떤 이에게는 믿음을
어떤 이에게는 강퍅한 마음을
어떤 이에게는 영적인 눈과 지혜를 주시니
믿음은 아무나 가질 수 있는 것이 아니라

어떤 이는 믿음의 축복을 받고서도
사람을 두려워하나니
하나님보다 사람을 더 사랑함이라

모든 사람은 마지막 날을 맞이할 것이며
그날에 말씀으로 심판을 받을 것이니
말씀은 곧 하나님이시라
하나님은 말씀으로 세상을 창조하셨으니
그 말씀은 생명력이라

아침에 내 기도를 들으시는 주께서 내게 말씀하시니
너는 나의 택함 받은 복덩어리니
결코 사람을 두려워 말고
말씀을 붙들고 세상과 맞서라 하신다.

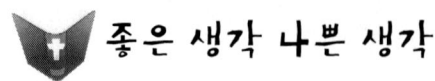 좋은 생각 나쁜 생각

가룻 유다가 예수님을 팔겠다는 생각을 하는 순간
아니지 이러면 안 되지
얼마 전 예수님이 말씀하시기를
너희 중에 한 사람이 나를 팔 것이라 했는데
그가 바로 나란 말인가
아니야 그건 아니야

그러나 잠시 후
별 것 아닌데 뭐
예수님이 어디 있다고 말만 전해주면 되는데
내가 말했다는 것을 누가 안다고
내가 안 그랬다고 하면 되지 뭐

가룻 유다의 이런 나쁜 생각은
바로 사탄에 의한 유혹
나라고 가룻 유다를 탓할 자격이 있을까
우린 늘 이런 사탄의 유혹을 받고 사는 것 같다.

사탄은 오늘도 나에게
이런 나쁜 생각을 집어넣기 위해
갖은 유혹을 다 할 것이니
예수님의 이름으로 승리하길…

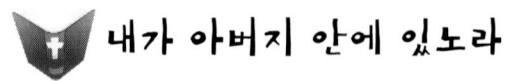 내가 아버지 안에 있노라

내게 육신의 아버지가 있듯
내 영혼의 아버지가 있으니
그가 바로 여호와 하나님이다.

예수님께서 말씀하시기를
내 아버지가 내 안에 계시고
내가 내 아버지 안에 계시다 하셨으니
이는 영적 세계의 질서이다.

예수님께서 말씀하시기를
내 이름으로 무엇이든지 구하면
내가 시행하리라 하셨으니
내 영혼이 예수님 이름으로 구하면
내 아버지께서 이루어주실 것이니
내 영혼이 하나님과 함께 있기 때문이다.

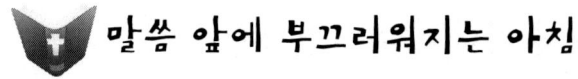 # 말씀 앞에 부끄러워지는 아침

하나님의 택함 받은 자녀
세상 무엇과도 바꿀 수 없는 축복을 받고

신실하지도 못하고
간절하지도 못하고
열정적이지도 못했음을 고백합니다.

하나님은 나를 참 종자로 삼아
귀한 포도나무로 심으셨으나
하나님을 의심하며
세상 것에 기웃거리기도 했습니다.

용서하소서 용서하소서

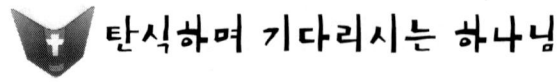

탄식하며 기다리시는 하나님

하루의 처음 시간
간곡하게 말씀하시는 하나님
돌아오라
제발 돌아와 너희 죄를 자복하라
비록 네가 나를 버리고 떠났지만
나는 결코 너를 버리지 않고
탄식하며 너를 기다리노라

네가 나를 떠나
세상 유혹에 기웃거리며
네 영혼이 황폐해지고
네 마음은 욕심으로 가득하여
미움 시기 질투 교만이
너를 사로잡고 있음을
더는 볼 수 없으니
이제 곧 내게로 돌아와
부끄러운 그것들을 토해내고
내 마음과 합하여
복 된 길로 돌아오길 원하노라

 # 지금이 하나님의 때

선한 길이 어디인지 알아보고
그 길로 행하며
나팔 소리를 들으라
하나님은 연일 계속 외치신다.

듣지 않고 행하지 않으니
하나님은 저들을 버리고
재앙을 내리겠다고 말씀하신다.

하나님 말씀을 듣지 않고
하나님의 법을 버린
저들 생각의 결과는 재앙이다.

온 나라가 천안함 사건으로 비통에 빠져있는데
연일 계속되는 사건 사고들이 마음을 아프게 한다.
북한의 으름장은 우리를 긴장 속에 몰아넣고
세계 곳곳에서 일어나는 지진과 화산폭발은
하나님의 때가 왔음을 깨우쳐 준다.
지금이 회복할 수도 있고 멸망할 수도 있는
하나님의 때임을 깨우쳐 준다.

주여! 이 나라를 굽어 살피시옵소서
우리가 듣게 하소서
우리가 선한 길을 찾아 행하게 하소서
그리하여 회복하게 하소서

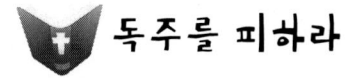 독주를 피하라

마시고 취하고 토하며 엎드러짐은
하나님의 심판이 내려지는 모습

술이 심판이 됨은
술로 인해 몸이 망가지는 것은 물론
영혼이 피폐하고
자신에 대한 통제력을 잃어버림으로
악인의 꾀를 쫓아 죄인의 길에 들어섬이라

하나님 말씀에도
독주를 마시지 말라 하였으니
스스로 죄인의 길
심판의 길을 피해라

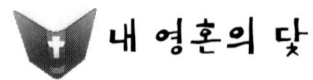 **내 영혼의 닻**

내 영혼의 닻 예수 그리스도가 있어
외롭지도
고달프지도
흔들리지도 않는다.

내 영혼아
네가 소리 내어 부를 때
생각으로 떠올라
나를 움직이고
내 입술을 움직여
말을 하게 하니

그 말이 힘을 얻어
세상을 이김은
곧 예수 그리스도가
내 영혼의 닻이기 때문이다.

 고백

모태에서부터 하나님을 알고
감각적으로 느낄 수는 없었지만
생사의 고비에서나 도전의 길에서
늘 나와 함께 하며 나를 이끌었던
하나님을 믿고 의지했던 나의 삶

힘들고 어려울 때는
하나님을 원망하며 의심도 하였지만
내 안에서 웃고 계신 하나님은
늘 약속하신 대로 나를 이끌어 가신다.

하나님은 내게 아무 대가도 바라지 않으시고
그저 바라만 보고
그저 웃고만 계시면서
때로는 눈물도 흘리신다.

내가 괴로워 울 때는
내 눈물을 닦아 주시고
내가 세상 즐거움에 취해 있을 때는
나의 옷깃을 잡고 이끄신다.

내가 기뻐 날뛸 때는
함께 웃고 기뻐하신다.

하나님이 내게 약속하신
그 모든 것은
하나님의 뜻에 따라
반드시 이루시겠다고 약속하신다.

하나님의 방법으로 행하시는
하나님의 약속은
세상의 시간적 공간적 의미로는
이해할 수 없으니
오직 믿음과 기도로 부르짖을 때
성령 충만함으로 승리할 것임을 내가 믿노라.

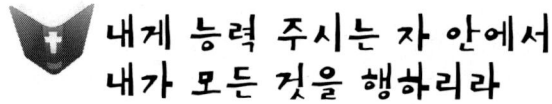

내게 능력 주시는 자 안에서
내가 모든 것을 행하리라

모세의 믿음은
곧 하나님의 존재와
말씀대로 행하는
그분의 능력에 대한 믿음이었으니

하나님께서 말씀대로 행함에
모세는 부귀영화를 버렸고
평생을 명예와 권력
부요함이 보장되었음에도
불확실한 미래를 향해 뛰쳐나갈 수 있었다.

이는 하나님이 주신 말씀이
모세에게는 꿈이 되었고
비록 보이지 않지만
그 꿈을 현실로 받아들이는 믿음을 가졌기에
담대하게 나갈 수 있었다.

나 또한 하나님이 주신 꿈을
현실로 받아들이는 믿음을 가졌으니
내게 능력 주시는 자 안에서
내가 모든 것을 행할 수 있음을 선언하며
담대하게 나가리라.
비록 그 길이 험난하고 고통스러울지라도…

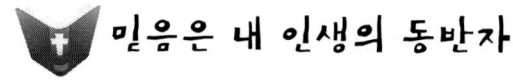 믿음은 내 인생의 동반자

믿음은 내 인생의 동반자

내 앞 길이 캄캄할 때
나의 손을 꼭 잡고 인도하며

내가 어려움을 겪을 때
내게 희망의 빛을 비쳐 주고

내가 기쁜 일을 맛볼 때
내게 감사함을 느끼게 하고

내가 눈물을 흘릴 때
내게 웃음을 약속하였으니

믿음은 내 인생의 동반자

 # 주의 산 제물이 되기를 원하나이다

믿음의 산제사를 드리기 원하노니
내 안에서 활개 치는
죄악 된 마음을
지워주시고
없애주시어
깨끗함으로 인정받게 하소서

그리하여
온전한 산 제물로
나를 받아 주소서

오늘도 귀한 하루를 주셨으니
헛되이 보내지 않게 하소서

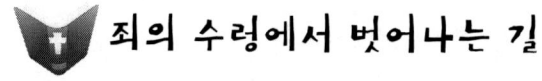 **죄의 수렁에서 벗어나는 길**

이스마엘의 잔혹한 살인극
한 번의 살인행위를 감추기 위해
또 다른 살인 행위를 하니
죄의 수레바퀴를 타는구나

마치 수렁에 빠진 사람이
벗어나려 애쓰면 애쓸수록
더 깊이 빠져들어 가는 것처럼

죄에 빠진 자가
죄의 수렁에서 벗어나려 애쓸 때
더 깊은 곳으로 빠져가니

하나님은 우리에게
예수 그리스도 앞에서 회개하므로
죄의 수렁에서 벗어나는 길을 가르쳐 주신다.

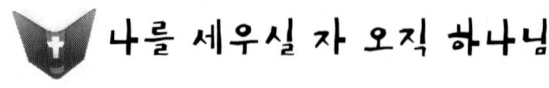 나를 세우실 자 오직 하나님

세계를 제패하던
애굽의 바로왕

그러나 하나님 앞에서는 종이호랑이
바벨론 느부갓네살에 의해 망하고 무너지게 되니

세상에는 영원한 권력자도
영원한 왕도 존재하지 않음을 보며

영원한 권력자이신 만왕의 왕은
오직 여호와 하나님이심을 고백합니다.

애굽이 무너지고
바로왕이 쓰러지는 모습을 보며
하나님 앞에 겸손해야 함을 깨닫고

바벨론의 느부갓네살이
애굽을 쓰러트리는 모습을 보며
하나님을 신뢰하여
기회를 기다릴 줄 알아야 함을 깨닫습니다.

세워지고 뽑혀지는 모든 것이
하나님의 손에 있으니

나를 세우실 자도
여호와 하나님이심을 믿습니다.

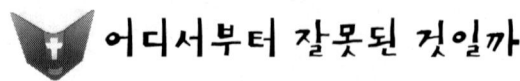 # 어디서부터 잘못된 것일까

사랑과 지혜 그리고 쓰임
쓰임이 없는 사랑과 지혜는 추상적인 실체에 불과하다.
지혜가 없는 사랑은 아무것도 아니다.
사랑이 띠는 모습이 바로 쓰임이다.
따라서 사랑이 지혜를 통해 유익한 쓰임이 될 때
사랑은 어떤 존재가 된다.

인애와 믿음 그리고 선행
믿음이 없는 인애는 아무것도 아니다.
인애 없는 믿음도 아무것도 아니다.
선행 없는 믿음과 인애도 아무것도 아니다.
인애와 믿음은 선행 안에 있을 때
비로소 어떤 존재가 된다.

믿음은 지혜에서 나오는 진리이고
인애는 사랑에서 오는 감정이다.

인애와 분리된 믿음은 겨울의 빛과 같아
모든 것을 죽이고

인애와 연결된 믿음은 봄의 빛과 같아
모든 것을 살린다.

이스라엘과 암몬
멀지 않은 친척관계라고도 할 수 있는 두 나라가
어디서부터 잘못되어 이렇게 치고받고 하며
하나님의 노여움을 사는 것일까

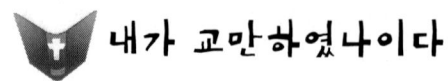# 내가 교만하였나이다

내가 얼마나 교만한 놈이었는지
새로운 한 주를 시작하는 월요일 아침
주님 말씀이 내 귀에 쟁쟁히 들려옵니다.

하나님 말씀 읽는답시고
남의 촛불을 훔친다고 비난했던 내가
바로 남의 촛불을 훔친 자였습니다.

겉으로는 하나님의 자녀처럼 보였지만
마음은 하나님과 멀어져 있었습니다.

사람을 의식하며 행동하였지만
내 안에 계신 성령님은 전혀 의식하지 않았습니다.

하나님은 내게 계속 말씀하셨지만
나는 듣지 않았습니다.

하나님을 믿는다고 말하였지만
의심도 많아 하나님을 시험하였습니다.

이로써 하나님은 그동안 내게 주셨던 축복을 거두어
그동안 얻은 명성이 다 물거품이 되었습니다.

이제 나의 그릇이 비어지니
나의 교만함도 보입니다.

주께서는 나의 빈 그릇에 무엇인가 채우실 것입니다.
하지만 내겐 아직도 회개해야 할 일이 쌓여 있습니다.
주님 용서하소서!

 어리석음

태풍 곤파스가 지나간 자리를 돌아보며
인간의 교만함과 우둔함을 봅니다.

마치 인간의 허물을 벗겨내듯
악하고 더러운 속을 봅니다.

하나님께서 권능으로 땅을 지으시고
지혜로 세상을 세우시고
명철함으로 하늘을 펼치셨음을 생각해 보면
인간의 어리석음은 더욱 적나라하게 보입니다.

권능과 지혜와 명철로 우주를 창조하신
여호와 하나님을 의지하지 않고
헛된 우상에게 마음을 빼앗긴 인간의 어리석음입니다.

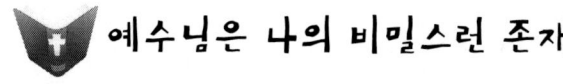 예수님은 나의 비밀스런 존재

나는 요즘
내 안에 계신 예수님을 느낀다.

한동안은
예수님이 나를 외면한다고 생각했다.

그런데
내 안에서 눈물 흘리시는 예수님을 느끼며
성전으로 올라가 회개의 기도를 드렸다.

예수님은 말씀 하셨다.
내가 너를 외면한 것이 아니고
네가 나를 외면한 것이라고

그리고
용서를 구하는 내게 또 말씀하시기를
내가 너를 이미 용서하였다.
그 증거는 네가 지금 내 성전에 있다는 것이다.

내 안에 계신 예수 그리스도
그분은 나의 비밀스런 존재이다.

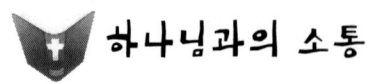 하나님과의 소통

절제
경건
근신
그리고 믿음과 사랑, 인내함이
하나님과 소통의 통로가 된다.

하루에도 수천, 수만 번을
사탄과 싸우는 것은
절제하고 근신하고 인내하기 위함이니

절제하지 못하고
근신하지 못하고
인내하지 못할 때
하나님과의 소통이 단절됨을 깨달아

생각으로 떠오르는
주의 음성을 듣고
절제하며 근신하고 인내함으로
승리하는 삶이 될 것임을 믿노라

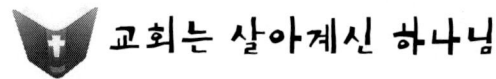 # 교회는 살아계신 하나님

내가 어린 시절
병원도 약국도 없는 조그만 섬에서
교회는 나의 놀이터이자 병원이었어요.
친구가 없어 심심할 때
배가 아프거나 감기 몸살일 때
엄마에게 혼날까봐 피신할 때
조용히 숙제를 해야 할 때
심지어 엄마 몰래 통신표를 고칠 때도
교회는 나를 품어주었어요.

교회는 단순한 건물이 아니었어요.
그곳에는 치유와 사랑이 있고
인격과 긍휼 그리고 자비가 넘쳐났어요.
교회는 내가 믿는 하나님이었어요.

시편 기자는 그 교회의 문이
세상 그 어떤 아름다움보다 아름답고 영광스럽다고 합니다.

나는 고백합니다.
교회는 곧 예수 그리스도의 몸체이시고
그분의 따뜻한 품입니다.
내가 교회의 문을 들어설 때
나는 그분의 호흡과 맥박의 박동을 느낍니다.

그분의 사랑과 인도하심에 따라
은혜와 평강의 축복이 넘쳐날 것이기에
감사와 찬양을 올립니다.

 하나님! 당신 마음대로 하쇼

뭔가 모르게
어딘가 꽉 막힌 듯한 기분
실매듭이 풀어지지 않고
계속 꼬여가기만 하는 느낌
귀찮고 짜증나고 답답하여
하나님을 원망하고픈 마음

어쩌면 나는 지금
하나님의 뜻과 다른 것을 원하고 있는지도 모른다.
하나님의 뜻과 나의 뜻이 다를 때
지금과 같은 답답함이 오는 것이 아닐까

모든 것을 내려놓자.
나를 버리자.
하나님! 당신 마음대로 하쇼.
이렇게 외치며 하루를 시작해본다.

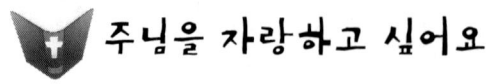

여호와 하나님!
주의 백성에게 베푸시는 은혜로
나를 기억하시며
주의 구원으로 나를 권고하사
나로 주의 택하신 자의 형통함을 보고
주의 나라의 기쁨으로 즐거워하게 하시며
주의 기업과 함께 자랑하게 하소서

비록 내가
하나님의 축복을 망각하여
공의를 행하지 못하고
비뚤어진 길을 가고 있을지라도
내 마음속에서 떠나지 않고 계시는
성령님이 계심을 내가 아오니
긍휼을 베푸시어 용서하시고
홍해의 물을 말리어 이스라엘 백성을 구원하셨던 것처럼
나를 구원 하시어
내가 주님을 자랑하게 하소서

하나님과의 운명적 만남

오직 하나님의 영광을 위하여
창세전부터 택함 받아
주의 기업이 되었음을 고백합니다.

하나님께서는
미리부터 아시고 정하시어
나를 불러 세우셨으며
하나님의 영광을 위하여
이제 곧 영화롭게 하시겠다고 약속하셨습니다.

나의 인생은
이렇게 예정된 것이니
지금의 나를 사랑하고
지금의 환경에 감사하며
지금의 삶에 충성된 종이 되어야겠습니다.
당신을 사랑합니다.

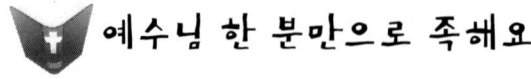 예수님 한 분만으로 족해요

내 욕심대로
내가 원하는 모든 것을
세상에서 찾아 즐겼답니다.
그런데 그 욕심은 끝없이 커져만 가고
채울 수가 없었답니다.
그러는 동안 나는 죄의 사슬에 묶여
내 영혼은 죽은 몸이 되었답니다.

예수 그리스도께서
십자가에 매달려 죽으심으로
그분의 보혈의 피가 나의 죄를 대속하여
나를 묶고 있는 죄의 사슬을 끊고
나를 죄에서 해방시켰습니다.
죄 의식 속에 갇혀 캄캄한 길을 걷던 나는
밝은 빛 가운데로 나왔습니다.

감사합니다.
찬양합니다.
예수님 한 분만으로 감사하고
예수님 한 분만으로 만족하며 살겠습니다.

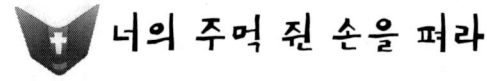

너의 주먹 쥔 손을 펴라

하나님은
나를 무릎 꿇게 하고 말씀하십니다.
더럽고 둔감해진 내 마음을
정으로 쪼개며 훈계하십니다.

한 손에는 세상을 붙들고
다른 한 손으로
하나님의 손을 잡겠다고 애쓰는 모습
참 가엾기도 합니다.

하나님은 말씀하십니다.
너 그 손에 붙들고 있는 것
그 모든 것을 내려놓아라.

나의 손은 주먹을 꽉 쥐고 있습니다.
명예와 돈, 권력, 거짓된 삶
심지어 살아 숨 쉬는 내 생명까지도

이 주먹 쥔 손을 펴는 순간
모든 것을 잃어버릴 것 같았습니다.

하지만
하나님은 모든 것을 얻게 될 것이라 말씀하십니다.

지금 이 시간
나는 나의 주먹 쥔 손을 펼쳐봅니다.
내 안에 가득한 모든 욕심을 털어 버립니다.
진정 자유로움으로 하나님과 하나 됨을 느낍니다.

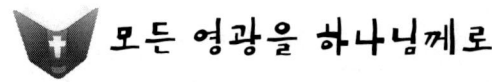 모든 영광을 하나님께로

감사하고 찬양하라.
두려워 말고
죄의식에서 벗어나라.
보좌에 계신 어린양이 목자가 되어
생명수 샘으로 인도하시고
우리 눈에 고인
모든 눈물을 씻어 주실 것이니

고통 가운데 있는 자
환난 가운데 있는 자
병환 중에 있는 자
불안하고 초조함 가운데 있는 자
이제 곧 주님의 보혈의 피로 씻음 받고
감사와 존귀와 찬양과 경배로 예배할 날이 왔노라.

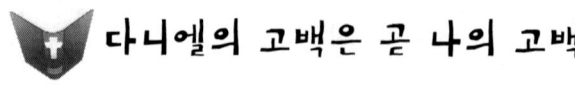 # 다니엘의 고백은 곧 나의 고백

참 놀라운 일이다.
다니엘이 부럽다.
다니엘이 왕을 찾아가
자신이 왕의 꿈을 해석하겠다고
약속한 용기는 어디에서 나온 것일까
이것이 바로 하나님에 대한 믿음 아닐까

하나님에 대한 믿음
그냥 보통 믿음이 아니라 확고한 믿음이다.
그 믿음은 죽임을 당할 수도 있는 상황에서
다니엘에게 자신감을 주었다.

다니엘의 하나님에 대한 확고한 믿음은
그의 고백으로 나타났으니
하나님은 지혜와 권능을 갖고 계시고

왕을 폐하기도 세우기도 하시며
지혜 자에게 지혜를 주시고
지식 자에게 총명함을 주시며
깊고 은밀한 일을 나타내시고
어두운 데 있는 것을 아시며
빛과 함께 계신 분이다.

주여! 다니엘의 고백이
나의 고백이 되기를 원합니다.

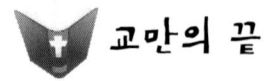 # 교만의 끝

메네 메네 데겔 우바르신

왕의 통치시대를 계수하니
이제 그 시대가 다했고

왕을 하나님의 저울에 달아보아
하나님의 뜻에 크게 못 미치니
왕의 나라를 메대와 바사 사람에게 나누어 주리라.

하나님께서 참고 인내하셨건만
갈수록 그 뜻을 헤아리지 못하고
교만하여 죄악의 극치를 달렸으니
불쌍한 백성들을 위해서도
더 이상 기다림 없이
구원의 손길을 거두셨음이라.

여호와 하나님!
내게서 구원의 손길을 거두지 마소서
예수 그리스도의 이름으로 회개하며 기도합니다.

 네가 정말 나를 믿느냐

다니엘이
사자 굴에서 살아난 것은
오직 그의 믿음 때문이다.

사자 굴에 던져질 때부터
다니엘의 마음에는
두려움도 왕에 대한 원망도 없었으니
하나님에 대한 믿음이 있었기 때문이다.

다니엘이
그 믿음대로 하나님의 도움을 받았지만
하나님이 도왔다기보다
다니엘의 믿음이
하나님의 도움을 끌고 온 것이다.

다니엘처럼
어처구니없이 위험한 상황에 빠지거나
삶 속에서 두렵고 부담스러운 일들을 겪을 때
나는 믿음이 있는 자인가

나의 명예와 권력을 다 내려놓고
두려움 없이 정의의 편에 서있었는가
주여! 그리하지 못했나이다.
나의 믿음이 연약하였음을 고백하오니
긍휼을 베푸시고 용서하여 주소서

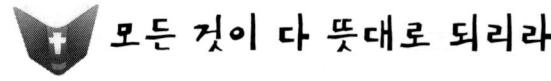 모든 것이 다 뜻대로 되리라

모든 것이 다 뜻대로 되리라

금방이라도 삼킬 듯한
저 거친 파도는
당신을 정금같이 단련시킬 것이요

이글거리며 타오르는
저 붉은 태양은
당신에게 꿈과 희망을 줄 것이니

감사하며 찬양하고
겸손하여 기뻐하라

모든 것이 다 뜻대로 되리라

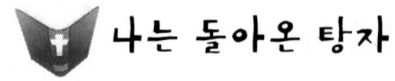 # 나는 돌아온 탕자

나는 나의 겉과 속이 달랐다.
겉으로는 하나님의 신실한 자녀였다.
그러나 속으로는 사탄의 자녀였다.

사람이 있을 때는 가려서 행동했다.
그러나 아무도 없을 때는 내 마음대로 행동했다.

그만큼 나는 하나님을 의식하지 않고 살았다.
그만큼 나는 세상과 손잡고 살았다.

어젯밤 꿈에 나를 외면하고 계신 하나님을 보았다.
그리고 아침 말씀묵상 중에 하나님을 두려워하는 내 모습을 보았다.

하루 종일 틈만 있으면 기도하기 시작했다.
나의 죄를 용서해 달라고

퇴근 후 나는 교회로 가서 성전 앞에서 기도했다.
돌아온 탕자이오니 나를 용서하시고 거두어 달라고

하나님은 내게 말씀하셨다.
네가 나를 두려워함은
네 안에 죄가 가득하기 때문이다.

그러나 네가 여기까지 와서 기도할 수 있었던 것은
내가 너를 용서했기 때문이다.
내가 너를 용서하지 않았다면
나는 너를 이곳으로 인도하지 않았을 것이다.

하나님 감사합니다.
다시는 성령님께서 눈물을 흘리지 않게 하겠나이다.
다시는 성령님을 배신하지 않겠나이다.
나를 구원하신 주께 감사하나이다.

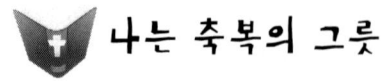 # 나는 축복의 그릇

아침을 여는 새벽시간
하나님 앞에 무릎을 꿇는다.

조용히 하나님을 생각하며
하루를 의지하는 마음으로 기도드린다.

떠오른 영감이 내 마음을 깨웠으니
내가 네 안에 있어
내가 너를 세상에 세웠노라.

하나님이 나와 함께 계셔
주께서 나를 세우셨다 하니
얼마나 큰 축복인가

내 안에 계신
여호와 하나님으로 말미암아
나는 축복의 그릇임을 고백한다.

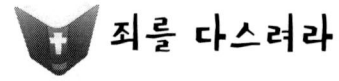 죄를 다스려라

네가 나를 보기 원하느냐
네가 내 음성 듣기를 원하느냐

나는 잠시도 쉼 없이 너와 함께 있으나
네가 나를 보지 못하고

하루 종일 심지어 네가 잠든 그 시간까지도
너에게 말을 하고 있으나
네가 내 음성을 듣지 못하고 있구나.

이는 너의 죄로 말미암음이니
너의 죄가 네 눈과 귀를 막고 있기 때문이다.

죄를 다스려라
그리하면 네 믿음이 능히 승리하리다.

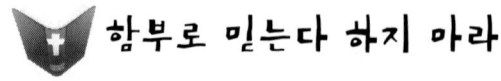# 함부로 믿는다 하지 마라

믿음은 내 의지로 가질 수 없는 것
그래서 하나님은
미리부터 아시고 불러 세우셨다 하지 않는가

내가 하나님을 믿는 것은
나를 세상에 보내 주시고
은혜와 평강으로 복주시기를 원하며
나를 세상 가운데 우뚝 세워
나를 통해 영광 받기를 원하시고
나를 젖과 꿀이 흐르는 땅으로 인도하시어
가장 좋은 것으로 채워주시며
세상 끝나는 날 내 영혼을 거두어
천국 잔치를 베풀어 주실 분이기 때문이다.

하나님이 주신 믿음은
부귀영화와도 바꿀 수 없이 소중한 것
내 생명을 내주어도
나의 전 재산을 내주어도
나의 명예와 권위를 내주어도
아깝거나 후회스럽지 않은 것

하나님 주신 믿음은
내 모든 것을 받아들일 수 있는 것
두려움이 엄습해 와도
고통의 멍에를 메고 있어도
아골 골짜기 빈들에 홀로 서 있어도
결코 두려워하지 않고 아파하지 않으며
기뻐할 수 있는 것

그렇지 않은 믿음은
의지로 만들어 낸 가짜의 믿음이니
함부로 믿는다 하지 마라

III. 소망

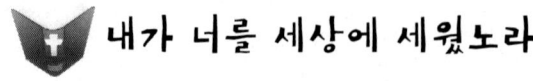 # 내가 너를 세상에 세웠노라

내가 네 안에 있어
내가 너를 세상에 세웠으니
나는 너를 사랑한다.

두려워 마라
염려하지 마라
내가 네게 준
은혜와 평강 그리고 축복이
내가 네 안에 있다는 증거니라

어리석은 자를
용서하고
사랑하라
어리석은 자가
지혜로운 자를
쓰러트리지 못하나니
용서하고 사랑하라
내가 너를 세상에 세웠노라

지금은 나를 사랑해야 할 때

마음이 아프다.
사내답지 않게 눈물이 흐른다.
힘내란다고 힘낼 수도 없고
웃으란다고 웃을 수 없음은
내 감정을 내 의지로 만들 수 없음이다.

지금의 나는
가을에 떨어지는 낙엽과도 같으니
곧 밟히고 썩어질 것이다.
그리고 봄이 오면
또 다른 나를 돋아나게 할 것이다.
지금은 나를 사랑해야 할 때

이 시간도 곧 지나리라
훗날 오늘을 뒤돌아보면
분명 하나님의 축복일 것이다.

# 나는 주께서 세우신 군대의 빛이다

여호와께서
태에서부터 나를 부르시어
당신의 종으로 삼으사
나를 단련시키어 감추시고
내가 하나님을 떠나 있을 때
나를 돌아오게 하시고
나의 힘이 되어 주시사
나를 영화롭게 하셨노라

또한 낮아진 나를 군대의 빛으로 삼으시어
나로 여호와 하나님의 구원을 베풀어
땅 끝까지 이르게 하시겠다고 약속하셨으니
왕들이 보고 일어서며
고관들이 경배하리니
이는 하나님께서 나를 택하였음이다.

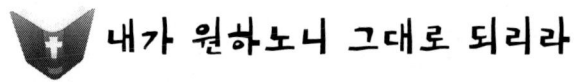

내가 원하노니 그대로 되리라

예수님께서 원하시면
나의 죄를 용서하실 수 있나이다.

내가 원하노니
너의 죄를 사하노라.

예수님께서 원하시면
나의 꿈과 소망을 이루어 주실 수 있나이다.

내가 원하노니
너의 꿈과 소망이 이루어지리라. 아멘

 # 저 너머 약속의 땅을 바라보라

저 너머 약속의 땅을 바라보라
이스라엘 백성들이
약속의 땅 가나안을 향해 가매
힘들고 어려운 일이 있을 때마다
하나님을 원망하고
지도자를 원망하였으니
하나님 보시기에 안타까웠더라

지금 나는 어떤가
돌밭과 가시덩굴 밭에 떨어진 씨앗처럼
광야를 지나던 이스라엘 백성처럼
우매하고 어리석게
하나님을 원망하고
지도자를 원망하고 있지 않은가

주여! 용서하소서
그리고 저 너머 약속의 땅을 바라볼 수 있는
하나님의 지혜를 주옵소서

 # 나는 하나님이 세상에 보낸 편지

나는 하나님이 세상에 보낸 편지다.

내 삶이 곧 하나님의 말씀
내 삶이 곧 하나님의 외침
내 삶이 곧 하나님의 생각

그렇다.
나의 인생은
하나님의 뜻 그 자체이다.
나의 인생은
세상을 향해 외치신 하나님의 말씀이다.

어제 내가 정신없이 바쁘게 보냈던 것도
오늘 내가 새로운 날을 맞을 수 있는 것도
모두가 다 하나님의 뜻대로 이니
내일도 하나님의 뜻대로 될 것이다.

하나님의 뜻은 내 의지를 넘어선 것
내가 아무리 내 뜻을 이루려 해도
나의 삶은 하나님의 뜻대로 가리니
나는 하나님이 세상에 보낸 편지다.

 ## 의로운 오른손으로 너를 붙들리라

나를 불러 세우시고
나와 동행하시며
나를 여기까지 인도하신
나의 하나님 여호와께서
오늘 아침 내게 말씀하신다.

너는 나의 종이다.
내가 너를 택하였고
내가 너를 버리지 아니하였노라
결코 두려워 말고 놀라지 말라
나는 네 하나님이다.
내가 너를 굳세게 하리라
내가 너를 도와주리라
내가 나의 의로운 오른손으로
너를 붙들리라

네게 노하던 자들이
수치와 욕을 당할 것이요
너와 다투던 자들이 멸망할 것이다.
그들이 허무함을 느낄 것이다.

감사! 감사! 감사!
내가 주님을 찬양하고
임마뉴엘의 하나님께
영광의 찬양을 올려드리며
주님 말씀을 붙들고
주신 큰 소망을 향해
예수님의 귀하신 이름을 높여
기도하고 기도하나이다. 아멘

내 영광을 다른 이에게 주지 아니하리라

훈련으로 피곤했던 2주
하나님을 찾지 못했고
말씀 묵상도 게을리 했으며

기도 또한 게을렀으니
하나님 보시기에 안타까우셨으리라

오랜만에 주님 주신 천국
나의 가족이 있는 보금자리로 돌아와
육신의 평안함을 얻고
깊은 잠을 청한다.

오랜만에 펼쳐든 말씀
이사야 48장의 말씀이
내 마음을 뜨겁게 한다.

하나님의 자녀로 일컬음을 받고
여호와의 이름으로 맹세하며
이스라엘의 하나님을 기념하지만

진실이 없고 공의가 없는
내 모습을 보시고 말씀하신다.

이제부터 내가 새 일
곧 네가 알지 못하던 은비한 일을
네게 듣게 하노라

내 이름을 위하여
내가 노하기를 더디 할 것이며
내 영광을 위하여
내가 참고 너를 멸절하지 아니하리라

보라 내가 너를 연단하였으나
은처럼 하지 아니하고
너를 고난의 풀무 불에서 택하여
나를 위하여 너를 세울 것이다.
내 영광을 다른 자에게 주지 아니하리라!

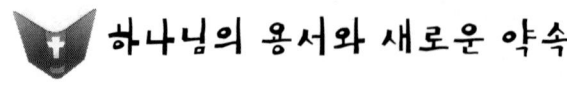

하나님의 용서와 새로운 약속

내가 잠시 너를 버렸으나
큰 긍휼로 너를 모을 것이다.

내가 진노로 내 얼굴을 네게서 잠시 가렸으나
영원한 자비로 너를 긍휼히 여기리라

너는 너의 일터에서 너의 영역을 넓히고
너의 일에 기쁨으로 최선을 다하며
너의 자리를 굳건히 하라
그리하면 너의 이름이 널리 퍼지고
너의 자손도 열방을 얻어
네가 황폐한 성읍을 사람 살 곳으로 만들게 될 것이니
놀라지도 말고 두려워도 말라

나는 너를 만들어 세상에 세우고
너를 지키는 만군의 여호와라

아멘 아멘 아멘
여호와 하나님께 감사하며 찬양을 올리니
이 기쁜 소식을 어찌 하리요
전하자니 교만이요 간직하자니 벅찬 가슴을 억누를 길 없으니
여호와여! 여호와여! 주소서
내가 주의능력으로 주의 뜻을 이루리이다.

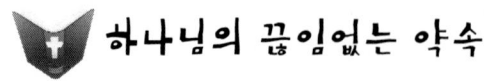

하나님의 끊임없는 약속

하나님께서 말씀하시니
너는 곤고와 광풍에 요동하며
불안 초조하여 평안을 얻지 못한 자라

내가 다시는 노아의 홍수로 땅 위에 범람하지 못하게 하리라고 약
속한 것처럼
내가 네게 노하지 아니하며 너를 책망하지 아니하기로 맹세하노라
나의 자비가 너를 떠나지 않을 것이며
나의 화평이 흔들리지 않을 것이라

내가 화려한 채색이 더해진 청옥으로 너의 기초를 쌓을 것이며
홍보석으로 너의 성벽을 짓고
석류석으로 성문을 만들어
너의 지경을 보석으로 꾸밀 것이라

너의 자녀는 여호와의 교훈을 받아
큰 평안을 누릴 것이며
너는 공의로 서서
공포가 너를 떠나
두려움이 사라질 것이라

누군가 너에게 분쟁을 일으킬지라도
이것은 나로 말미암은 것이 아니니
그들은 너로 말미암아 패망할 것이라
그들이 너를 쓰러트리려 꾀한 모든 말과 행동은
너에게 정죄를 당하고 쓸모없게 될 것이라
이는 네가 나 여호와의 종이고 기업이기 때문이라

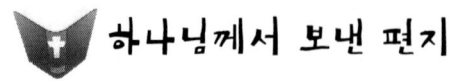

동길아!
너는 정의를 지키며 의를 행하라
나의 구원이 가까웠고
나의 공의가 나타날 것이다.

먼저 안식일을 깨끗하게 지키고
악한 행동을 하지 마라
그리하면 네게 복이 주어질 것이다.

너의 처지를 비관하지 말고
부정하지도 말라
너의 처지가 아무리 비관적이고 어려울지라도
내가 말씀으로 주어 언약한 것을 굳게 믿으라.
그리하면 네가 소망하는 것보다
더 귀하고 더 크고 더 값진 것으로 채워줄 것이며
너의 이름이 끊어지지 않게 할 것이다.

또 내가 너를 나의 성산으로 인도하여
네가 기쁨으로 가득할 것이다.
이는 네가 나를 섬기는 나의 종이기 때문이다.

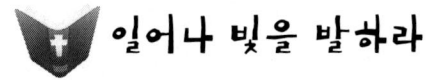 # 일어나 빛을 발하라

일어나 빛을 발하라
여호와의 영광이 네 위에 임하였으니
그의 영광이 나타날 것이며
권세 있는 자들도 네 광명 앞으로 나아오리라

바다의 부가
이방 나라의 재물이
멀리 떠나있던 아들과 딸들이
다 네게로 모여 올 것이니
네 마음이 기쁘고 화창하리라

내가 노하여 너를 쳤으나
이제는 나의 은혜로
너를 불쌍히 여겼은즉
권세 있는 자들도 이방인들도
모두가 다 네게로 모여 올 것이라

너를 괴롭히던 자들이
몸을 굽혀 네게로 나올 것이며
너를 멸시하던 자들이

네 발아래 엎드릴 것이니
내가 너를 영원한 아름다움과
대대의 기쁨이 되게 하리라

다시는 네 해가 지지 아니하며
다시는 네 달이 물러가지 아니할 것은
여호와가 네 영원한 빛이 되고
네 슬픔의 날이 끝날 것임이라

여호와 하나님!
주님의 크신 사랑에 감사하며
내가 주를 사랑하고 경외하나이다.
나를 당신의 귀한 도구로 사용하여 주소서
나를 미워했던 자들을 용서하시고
나를 멸시했던 자들을 축복하시며
나를 괴롭혔던 자들에게 긍휼을 베푸소서

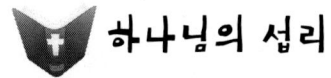 하나님의 섭리

나무도 한 가지가 죽으면서
새 가지가 돋아난다.

화초도 한 줄기가 죽으면서
새 줄기가 돋아난다.

사람도 어른이 죽으면서
아기가 태어난다.

비단 생명뿐이 아니다.

길이 없어지면
새로운 길이 생기게 마련이다.

옷이 헐면
새 옷을 구입하게 된다.

그릇이 비면
뭔가를 채우게 된다.

이것이 하나님의 섭리이다.
하나님의 섭리를 깨우쳐
순종하는 삶을 살기 원한다.

나의 성질을 죽게 하소서
나의 주장을 내려놓게 하소서
나의 목표까지도 내려놓게 하소서
나의 욕심이 죽게 하소서
내 마음의 그릇을 깨끗이 비우게 하소서

그리하여
하나님의 것으로 채우게 하소서

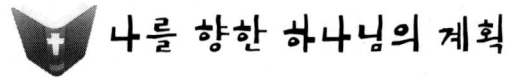 나를 향한 하나님의 계획

너의 옛적 일을 기억하라
나는 하나님이다.
나 외에 다른 이가 없느니라.
나는 하나님이다.
나 같은 이가 없느니라.

내가 시초부터 종말을 알렸고
아직 이루지 아니한 일을 보였으며
나의 뜻이 설 것이니
나의 모든 기뻐하는 것을 이루리라 하였노라

내가 동쪽에서 사나운 날짐승을 부르며
먼 나라에서 나의 뜻을 이룰 사람을 부를 것이다.
내가 말하였은즉 반드시 이룰 것이다.
내가 계획하였은즉 반드시 시행하리라

나의 공의를 가깝게 할 것인즉
나의 구원이 지체하지 아니할 것이다.
내가 나의 영광인 너를 위하여 구원을 베풀리라

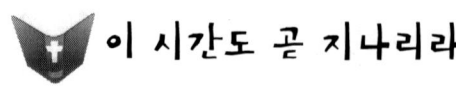# 이 시간도 곧 지나리라

꿈을 먹고 살아온 30년
여기가 나의 종착역인가

이제 그 꿈을 접고
또 다른 나의 꿈을 찾아
새로운 길을 찾아 나선다.

추억만을 먹고 살기에는
아직 젊은 나이

가족이 있으니 행복하지 않은가
꿈을 접는 아픔
이 시간도 곧 지나리라

 인생

때로는 순풍에 돛 단 배처럼
때로는 폭풍을 만난 배처럼

때로는 가까운 길로
때로는 먼 길로

때로는 빠르게
때로는 더디게

때로는 평탄한 아스팔트길로
때로는 굴곡이 심한 자갈길로

순풍을 만나고
가깝고 평탄한 길로 갈 때
나는 하나님을 잊고 있었고

폭풍을 만나고
멀고 험한 길로 더디게 갈 때
나는 하나님을 찾기 시작 했습니다

돌이켜 보면
내가 순풍을 만난 것도
내가 폭풍을 만난 것도
내가 평탄한 길로 간 것도
내가 굴곡이 심한 자갈길로 간 것도
내가 빨리 갈 수 있었던 것도
내가 더디게 간 것도
모두가 하나님이 하신 일이었습니다.

하나님이 당신의 목적지로
나를 인도하시는 길이
때로는 기쁨이요
때로는 고난의 길임을 알았을 때
비로소 감사의 고백을 합니다.

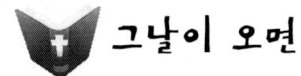 # 그날이 오면

누구의 희망인지
심금을 울리듯
떠오르는 태양은
아름다운 미소를 띠고
숙명의 밤길을 비춘다.

무엇의 아름다움인지
소녀의 마음같이
수줍어 피어나는 꽃은
청명한 순결을 지녔고
황홀한 석양을 수놓는다.

누구의 은총인지
샘에 물고이듯
내려지는 축복은
아름다운 꿈을 실었고
먼 훗날 광명의 아침을 연다.

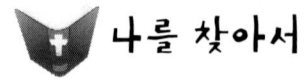 나를 찾아서

하늘에 비치는
찬란한 별빛을 쫓아
구름의 골짜기를 건너
험난한 장막을 헤치며 간다.

넘고 넘는 길
멀리 높은 곳에서 흔드는
사(死)의 손짓을 쫓아
사막의 들판을 달린다.

태양빛의 따사로움도
태풍의 우회도 없는 곳에서
웃고 우는 기다림 속에서
나를 찾아
험난한 정의의 길을 걷는다.

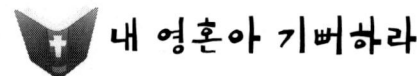# 내 영혼아 기뻐하라

내 영혼아
네가 어찌 괴로워하느냐
너의 삶은 네가 살아가는 것이 아니니
너는 괴로워 마라

너는 지금까지 나 여호와가 이끌어왔고
앞으로도 나 여호와가 이끌어 갈 것이니
네가 잘됨이 네가 잘한 것이 아니요
네가 잘못됨이 네가 잘못함이 아니니
내 영혼아 너는 괴로워 마라

너는 단지 내 계획에 따라
이끌려 갈 뿐이니
모든 일에 감사하라
모든 일에 겸손하라
모든 일에 기뻐하라

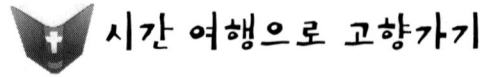

시간 여행으로 고향가기

며칠 전
몇몇 고향 친구를 만나
추억의 길을 따라 시간여행을 했어요.

50년 삶으로 무뎌진 감성도
고향의 추억 앞에서는 되살아나더군요.

시간 속에 갇혀진 기쁨과 슬픔도
현재의 거울 앞에서는 행복이었습니다.

우리는 현재의 시간 속에서 감사하고 감사하며
보이지 않는 미래를 향해 달려갔습니다.
막상 달려가 보니 우리 고향은 그대로인 듯했어요.
느리, 대빈창, 진멀 그리고 분점까지

변한 것이 있나 자세히 보니
느리에서 대빈창 가는 길과
학교 가는 길에 감나무가 가로수로 심어져 있었어요.

남자감 여자감이라 불리는 감나무에
감이 주렁주렁 달렸었어요.
언제 누가 이 감나무를 심었을까

지나가는 한 노인에게 물었더니
십여 년 전 도시에 나가 사는 고향 사람들이
고향을 사랑하는 마음으로 심어놓은 것이라더군요.
우리는 감나무에 올라가 진홍색의 연시감을 따 먹었어요.
이 고향 출신이면 모두가 주인이기에 따먹을 수 있다더군요.

나뭇가지에 등을 대고
지나온 추억을 떠올리며 한참을 이야기 나누다
현재로 되돌아 왔답니다.
참 아름답고 행복한 여행이었습니다.
아쉬웠던 것은 그 노인이 누구인지 묻지 못했어요.
내년 가을!
감 따먹으러 다시 가면 꼭 알아와야겠어요.

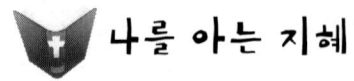 나를 아는 지혜

한 시대에
세례 요한이라는 선지자와
예수 그리스도라는
두 분의 큰 인물이 계셨으니
두 분은 각각 물과 성령으로 세례를 주었다.

세례 요한은
예수님의 증거자
세상의 눈으로 볼 때
한 시대의 두 거목이었다.

그러나
세례 요한은 자신의 그릇을 인정하고
예수님을 높이는 일을
자신의 사명으로 여기었으며
모든 일을 하나님의 섭리로 여기었다.

나는 어떤가
경쟁의식 속에서
나의 그릇을 크게만 보고
나의 위치는 더 높은 권좌를 꿈꾸며
남을 존중하고 인정하려 하지 않는
작은 그릇임을 고백하며

주께서 나를 용서하시어
세례 요한이 예수님을 들어 세우셨듯이
내가 나의 작음을 고백하며
내 이웃을 들어 세울 수 있는
큰 믿음과 사랑을 허락하시옵소서

 # 오염되지 않은 영혼의 우물을 찾으라

육신이 목마를 때 물을 마시듯
영혼도 갈급함을 느끼니
나를 찾고 나를 믿으라
그리하면 생수의 강이 흘러나올 것이다.

우물을 찾을 때
깨끗한 우물을 찾아야지
어떤 우물은 오염되어
몸을 병들게 한다.

영혼의 갈급함을 해소하기 위해
영혼의 우물을 찾을 때도
잘못하여 이단과 우상의 우물물을 마시게 되면
미움, 시기, 질투, 편견, 아집, 독선의 병으로 영혼이 황폐하다.

네 삶의 터전이 바로 그런 곳이다.
이단과 우상의 우물이 가득하여
사랑이 없는 기쁨과 행복으로
너희를 유혹하는 세상이다.

물질의 세상이 오염된 것처럼

영혼의 세계가 오염되었으니

오직 기도와 말씀으로 지혜를 구하여

유혹에 빠지지 말고

생수의 강물이 넘쳐흐르는 예수님을 만나

성령 충만함으로 사랑과 기쁨을 나누길 소망한다.

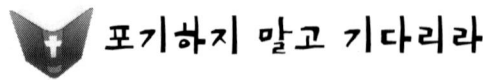

포기하지 말고 기다리라

무덤에 있은 지 나흘
이미 부패하기 시작했을 텐데
다시 살아나기를 바라기보다는
장례를 잘 치를 수 있도록
준비하는데 분주할 때

예수님께서 오셔서
네 오라비가 다시 살아나리라는
그 말씀으로 죽었던 자가 살아났으니
이는 하나님의 영광을 위함이라

하나님은 말씀하신다.
예수님이라면 불가능이 없으니 절대 포기하지 마라
혹 꿈꾸던 일이 좌절되어 포기한 것이 있는가
부활이요 생명이신 예수 그리스도가 하신다면
세상의 모든 틀을 깨고 이루게 하시니
포기하지 말고 기다리라고…

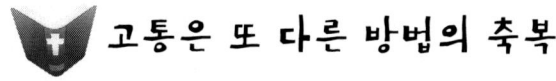

고통은 또 다른 방법의 축복

내가 살아온 시간도 꽤나 많이 지났다.
살아보니 행복했던 시간보다 걱정과 근심으로
힘들었던 때가 더 많았던 것 같다.
알고 보면 인생은 슬픈 것만은 아닌데

살다보면 기쁜 일만큼이나 슬픈 일도 있고
이길 때가 있으면 질 때도 있고
일어서는 것만큼이나 넘어지는 경우도 허다하지
배부를 때가 있으면 배고플 때가 있고
좋은 일과 마찬가지로 나쁜 일도 일어나기 마련이지

슬픔이든 배고픔이든 가난이든 질병이든 실패든
내가 초청한 것도 아닌데
삶이란 놈이 내 인생 여정 한복판에 갖다놓았으니
어찌 하겠는가
거부하고 또 거부하고 싶지만 현실인 걸
그것으로부터 강인함을 배울 기회로 삼는 것이 지혜이겠지
그래서 고통을 또 다른 방법의 축복이라 하는가보군

삶은 그저 삶일 뿐인데
계절이 모여 해가 되고
해가 다시 모여 세대가 되는
시간 속을 여행하며 만나는 일상들인데 말야

미움이 있으면 사랑이 있고
전쟁이 있으면 평화가 있고
절망이 있으면 희망이 있고
비통함이 있으면 위로가 있고
패배가 있으면 승리가 있고
피곤함이 있으면 휴식이 있고
죽음이 있으면 탄생이 있는 삶의 여정

미움을 극복할 사랑이 있는 것처럼
바람이 홍수를 말려주는 것처럼
비가 가뭄을 끝내주는 것처럼
진실함이 거짓을 드러내겠지

이것이 내가 생각하는
고통이 또 다른 방법의 축복이라는 이유이지

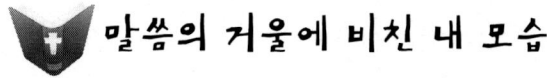 말씀의 거울에 비친 내 모습

눈으로는 말씀을 보며
입으로는 하나님을 부르짖고
귀로는 찬송을 듣고
손으로는 말씀을 기록하고
발로는 성전을 드나들었지만

마음속으로는 하나님의 말씀을 의심하고
미워하고 시기하고 질투하고 간음했던 위선자요
더럽고 추악한 죄인임을 고백하며 회개합니다.
주님! 긍휼을 베푸시고
용서하여 주시옵소서

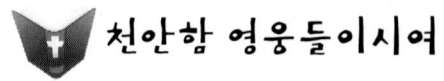 천안함 영웅들이시여

조국의 바다를 지키기 위해
서해를 가로질러 백령도에 이르렀을 무렵
귀가 찢어질듯 굉음이 울리고
차디찬 바다 속으로 몸을 던지니
거친 호흡 내쉬며
영혼이 수면 위를 내 달린다.

사랑하는 아내와 아들 딸
그리고 부모 형제를 남기고
뭐가 그리 바빠
마지막 인사조차 하지 못하였는가
서럽고 분하고 원통하니
하늘이 울고 땅이 울고 바다가 우니라

그대들이 떠나고
온 나라가 비통에 잠겼음을
그대 바라보고 있지 않은가

인간은 하나님이 세상에 보낸 편지라 하였으니
그대들의 바다 인생과 죽음은
평화를 원하면서 전쟁에 대비하지 못하고
적당주의와 안일무사주의에 빠진 우리에게
경종을 울리는 하나님의 편지라

그대들이 사랑하며 지키고자 했던 그 바다
이제 그곳에 우리가 정신 차리고 다시 서리라
그대들 노여움 푸시고
하늘나라에서 평안한 쉼을 쉬소서.

 # 권능과 지혜 그리고 명철함

여호와께서 권능으로 땅을 지으셨으니
이 땅에 존재하는 모든 것이 주의 것이라
주의 권능으로 땅이 요동치고
주의 권능으로 땅이 식물을 내고
주의 권능으로 땅이 삶의 자원을 내느니라

여호와께서 지혜로 세계를 지으셨으니
우리의 삶이 지혜로 살아야 할 것이라
사람과 사물
문화와 심리
모든 삶의 이치가 지혜로 말미암음이라

여호와께서 명철로 하늘을 펼치셨으니
명철이 하늘나라에 대한 소망을 갖고
명철이 꿈과 비전을 갖게 하며
명철이 우리의 생각을 주장하게 하느니라

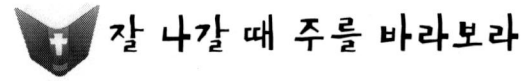 잘 나갈 때 주를 바라보라

하나님이 택한 유다백성
저들이 하나님을 떠나 우상을 섬기니
바벨론을 들어 심판의 도구로 삼는다.

70년을 막강한 힘으로 저들을 괴롭히고
주의 성전을 파괴하니
이제 주께서 바벨론을 심판하신다.

하나님이 유다백성을 심판할 목적으로
바벨론을 사용하셨음은 하나님의 뜻
바벨론은 허락받은 강퍅함으로 인해
주의 심판을 받아야 한다.
바벨론이 잘 나갈 때 주를 바라봤어야 했는데

바벨론의 부귀영화도
결국 한 세대를 채우지 못하고 사라지니
하나님 앞에 절대 강자도 절대 약자도 없다.
이래서 역사의 수레바퀴라 하는가 보다.

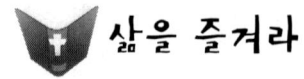 삶을 즐겨라

자전거를 타고 한강변을 달렸다.
염창동 안양천 입구에서부터 중랑천까지 왕복코스
무더운 날씨였지만 강바람은 싱그러웠다.

늘 깨닫는 것이지만 자전거를 통해 삶을 생각해보았다.
체력을 소진해가며 힘들 만큼, 더 많은 땀을 낼 때
더욱 강바람의 시원함을 느낄 수 있었다.

이렇듯 우리네 인생은 좌우대칭이다.
선이 있으면서 악도 존재한다.
빛이 있으면 어두움이 있고
오르막길이 있으면 내리막길도 있다.
기쁨이 있으면 슬픔도 있고
왼손이 있으면 오른손도 있다.

그러나 깊이 생각해보면 삶은 재미있는 여행이다.
선은 악이 존재할 때 가치를 발하고
빛은 어두움이 있어야 가치를 발한다.
내리막길도 오르막길이 있어야 존재하고
기쁨도 슬픔이 있어야 가치를 발한다.
이렇듯 우리네 삶은 좌우대칭의 성격이며

좌우가 함께해야 가치를 발하게 되어 있다.

그러니 우리는 좌우 모두를 받아들여야 한다.
선만큼이나 악도
빛만큼이나 어두움도
내리막길만큼이나 오르막길도
기쁨만큼이나 슬픔도
모두가 우리네 삶에 주어진 선물이고 축복인 것이다.

그러니 즐겨야한다.
슬프다고 찡그리지 말고
어둡다고 두려워하지 말고
오르막길이라고 힘들어하지 말고
슬플 땐 눈물로, 기쁠 땐 웃음으로 즐겨야한다.
모든 상황을 축복으로 여기며 말이다.

어차피 한번 온 인생
별도로 즐거움을 찾기에는 여유롭지 못한 세상이니
잠시도 머뭇거리지 말고
있는 그곳에서 있는 그대로 즐겨라
그것이 삶이다.

 # 내 영이 깊은 늪에서 벗어나길 원하나이다

여호와 하나님
나의 생각으로 하나님의 말씀을 이해하고
나의 기준으로 말씀의 척도를 재었으니
참 어리석고도 어리석었나이다.
시간과 공간을 초월한 주님의 능력을
어찌 인간의 생각으로 측정하리요

그러나 똑같은 실수를 또 범하니
우매함이 극에 달합니다.
나의 존재는 피조물인 한 인간일 뿐
그러니 눈앞에 나타난 현실이
지금은 나의 전부이거늘
보이고 만져지고 느껴지는 것으로
생각하고 판단하니
똑같은 실수를 범할 수밖에요

이런 내 모습 그대로를
주님 아시오니
긍휼을 베푸시어
나로 하여금 이 영혼의 늪에서 벗어나
주님의 눈으로 보고
주님의 느낌으로 느끼며
주님의 생각대로 생각하고
판단할 수 있게 하소서
예수님의 이름으로 기도드립니다. 아멘

이 땅에 회복의 축복을 주옵소서

여호와 하나님
오늘은 6·25전쟁 60주년
돌아보면 전쟁의 폐허 속에서
세계 10대 강국이 된 것은
하나님의 은혜요 축복이었음을
고백하지 않을 수 없습니다.

이 나라에
일제 36년의 식민지 고통을 주시어
나라와 민족의 소중함을 깨닫게 하시고
하나님을 찾게 하시었으며
선조들의 부르짖음에 귀를 기울이시어
해방의 기쁨을 주시었습니다.

하지만 이 땅에는
자유민주주의와 공산주의가 대립되어
남과 북으로 나뉘어졌고
급기야 1950년 6월 25일
공산주의 집단인 북한의 남침으로
이 땅에는 동족 간에 피를 흘리는

전쟁이 있었습니다.

자유민주주의가 풍전등화의 위기에 처했을 때
주께서는 우리를 구원하셨습니다.
세계 16개국이 우리를 돕게 하시어
코리아가 어디에 있는, 어떤 나라인지도 모르고
세계의 젊은이들이 자신들의 목숨을 걸고 왔습니다.
오직 정의와 자유민주주의를 위해서였습니다.

전쟁의 폐허 속에서 이 나라는 우뚝 섰습니다.
온 천지에 십자가가 불을 밝히고
기도하는 한 사람이
기도 없는 한 민족보다 강함을 보여주고 있습니다.
산업화로 우리에게 물질적 풍요를 갖게 하시고
민주화로 삶의 가치를 찾게 하셨습니다.

주여! 6·25전쟁 60주년이 되는 오늘
이 나라, 이 민족을 굽어 살피시옵소서
부르짖어 기도합니다.
지금 이 나라는 너무도 혼란스럽습니다.

천안함 사태로 좌우가 대립되고
내부가 분열되어 서로를 신뢰하지 못하고 있습니다.
어떤 이들은 이것이 민주주의라고 말하기도 합니다.

60년 전 나라를 위해 전선에서 싸우다 훈장을 받은 노병에게
젊은이들은 손가락질하고 있습니다.
공산주의자들의 남침이었다는 엄연한 사실을
우리와 미국에 의한 북침이라고 가르치는 선생님도 있습니다.
60년 전 좌우가 대립되었던 그 시기와 똑같습니다.
십자가는 많으나 사랑은 없는 그런 나라입니다.

북한에서는 오직 김정일 체제 유지를 위해
2천만 백성들을 굶주림으로 몰아가고 있는
21세기에 볼 수도 없고, 있을 수도 없는
독재 체제가 지속되고 있습니다.
백성들을 가난과 헐벗음으로 몰아가는 지도자가
어린 아들을 후계자로 세우고
또 다시 백성들을 새로운 지도자 앞에
엎드려 절하게 하고 있습니다.

여호와 하나님!
어찌하여 저 백성들을 저렇게 방치하시나이까
한 때는 아시아의 예루살렘이라 했던 평양인데
그곳을 지금 김정일 독재자가 자리 잡고 앉아
저렇게 백성들을 고통과 죽음으로 몰아가고 있습니다.

주여! 부르짖어 기도합니다.
저 김정일 체제가 무너지게 하옵소서.
저 동토의 땅에 말씀의 씨앗이 되살아나게 하옵소서.
김일성 동상이 철거되고
그 자리에 교회와 십자가가 세워지게 하옵소서.
다시는 이 땅에 전쟁이 없게 하옵소서.
그리고 평화롭게, 혼란스럽지 않게 통일의 길을 열어주시옵소서
예수님의 이름으로 감사드리며 기도합니다. 아멘

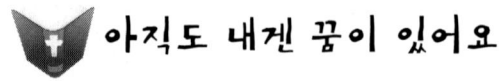 # 아직도 내겐 꿈이 있어요

아직도 내겐 꿈이 있어요.
갖고 싶고
되고 싶고
하고 싶은 꿈이 있답니다.

어떤 꿈은
시효가 지난 것 같은데
그래도 버리지 않고 있어요.
믿음 때문입니다.

믿음은 바라는 것들의 실상
바라는 것이 내 꿈입니다.

하나님께서 내게 주신 꿈이기에
나는 내 꿈을 희망카드에 기록하고
매일 아침 그 꿈을 보며 기도합니다.

그리고 담대히 인내하며 기다립니다.

아침에 드리는 기도

깊은 웅덩이에 빠진 나를 건지시는 하나님
나의 죄로 말미암아
나를 흩으시고 채찍 하셨으니
오히려 내가 주를 미워하고
내가 주를 멀리 하였나이다.

그럼에도
주께서는 나를 택하시어
긍휼을 베푸시고 용서하시며
나를 속량하사
강한 자의 손에서 나를 구속하시고
은혜를 베푸시어
다시는 근심하지 않게 하셨나니
내가 주를 사랑하나이다.

아침에 나의 기도를 들으시는 주님
주님의 말씀이 태양처럼 붉게 타오르니
기쁜 마음으로 주님 앞에 무릎 꿇었나이다.

이 죄인의 기도를 들으시고
내게 주신 새로운 하루를 복되게 하시며
나로 인하여 내 주위에 모든 이들을 축복하시어
감사와 찬양이 넘치는 하루 되게 하소서

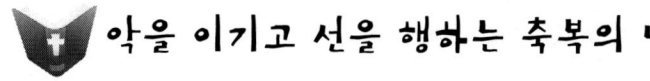 악을 이기고 선을 행하는 축복의 날

악이 악을 낳는 인간의 삶
위기가 위기를 불러오고
위기가 고조되어
피비린내 나는 전쟁으로까지 이어지니
악한 인간의 한 면을 봅니다.

말씀 앞에서는
선한 청지기의 모습이지만
내 안에도 악의 본성이 존재하니
제발 그 악의 본성이 잠잠하여
늘 선을 행할 수 있었으면 좋겠습니다.

우리는 하나님의 형상대로 지어졌으니
하나님의 선하심을 본받고
하나님의 사랑을 닮아
능히 악을 이기고
선을 행할 수 있을 것이라
오늘도 악을 이기고 선을 행하는
귀한 축복의 날이 되기를 소망합니다.

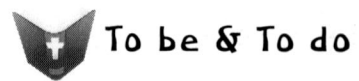

To be & To do

사도 바울과 디모데가
하나님의 뜻으로 말미암아
예수 그리스도의 사도가 되었던 것처럼
내게도 하나님의 뜻이 있으니
"무엇이 될까" 염려하지 말고 기도하라

또한 에바브라가
하나님의 뜻으로 말미암아
골로새에 복음을 전하였던 것처럼
내게도 하나님의 뜻이 있으니
"무엇을 할까" 염려하지 말고 기도하라

우주 만물이 다 하나님의 뜻으로 통하니
내게 있을 은혜와 평강도 하나님으로부터이다.

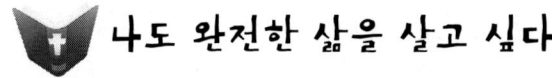 나도 완전한 삶을 살고 싶다

하루 종일 예수님만 생각하면
완전한 삶을 살 수 있을까

하루 종일 교회에만 있으면
완전한 삶을 살 수 있을까

하루 종일 말씀만 묵상하면
완전한 삶을 살 수 있을까

참 바보 같은 생각이지
생각도 마음대로 조절하지 못하면서

그러나
어떻게든 나도 완전한 삶을 살고 싶다.
정직하여 거짓 없이 진실하고
악한 생각과 행동을 미워하며
다시는 하나님 앞에 반복된 죄로 회개하지 않는
말씀에 순종하는 충성된 삶 말이다.

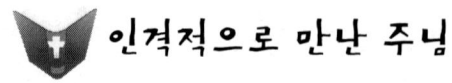 인격적으로 만난 주님

나의 죄를 사하시고
나의 병을 고치시며
나의 소원을 들어주시고
나의 생명을 구속하시는 이가
바로 여호와 하나님이시다.

나는 그 하나님을
인격적으로 만나고 있으니
그분은
내 영혼이 찬양하며 송축해야 할 분

내 영혼은
깨어 있는 의식의 상태를 운행하나
여호와 하나님의 성령은
내가 깨어 있지 못하는 무의식의 상태까지 운행하시며
나를 감찰하고 지켜 보호하고 계시니

내 영혼이
늘 성령님과 대화하며
만나 뵙기를 청하노라

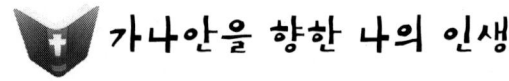# 가나안을 향한 나의 인생

누구보다 하나님의 신실한 자녀였고
누구보다 하나님 말씀에 순종하였으며
누구보다 백성들을 사랑하였던
이스라엘의 지도자 모세

젖과 꿀이 흐른다던 가나안은 보이지 않고
가도 가도 끝없이 펼쳐진 광야에서
육체적 피로와 온갖 질병으로 인한 고통이
하나님의 존재를 의심하며 우상을 세우게 하였으니
하나님의 진노가 하늘을 찌르는구나

이스라엘 백성들에 대한 하나님의 심판이 임박할 쯤
지도자 모세는 하나님의 진노를 돌이키게 한다.

나의 인생도 가나안을 향해 떠나는
이스라엘 백성과 다를 바 없으니
가나안과 같은 삶의 목표를 향해 살아가는 동안
온갖 장애물을 만나고, 넘어지고, 실패하면서
하나님의 존재를 의심하다가는 다시 바로 서고
또 의심하면서 하나님의 진노 앞에 서게 되면

나를 위한 예수 그리스도의 중보기도가
다시금 나를 살리니

이런 반복된 삶이
가나안 땅을 점령했던 이스라엘 백성처럼
생을 마감하며
천국의 문을 열고 들어갈 것임을 믿노라

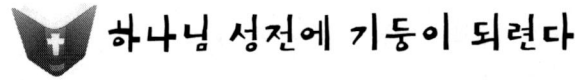

하나님 성전에 기둥이 되련다

하나님 성전에 기둥이 되는 삶!

기둥은 성전의 구조를 받치고 있어
성전의 시간적, 공간적 자유로움과 안전함을 준다.

성전의 기둥 같은 존재는
하나님의 말씀을 지키어 행하며
성전을 출입하는 성도들에게 믿음의 버팀목이 될 것이다.

기둥 같은 존재가 되기 위해서는
시험에 이기는 것이 필수 조건이다.

예수님이 세례 요한으로부터 물로 세례를 받은 후
마귀의 시험을 이기고 성령님의 내주하심을 입었던 것처럼

마귀의 시험에 이겨야만
면류관을 지키며 성전의 기둥이 될 것이다.

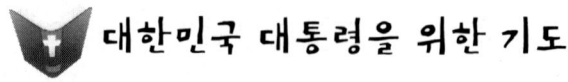

대한민국 대통령을 위한 기도

여호와 하나님
2월의 하늘아래서
주님의 능력에 감탄하며
주님 주신 말씀을 묵상합니다.

여호와의 이름으로
솔로몬을 왕위에 세우시고
그의 명예를 세상에 널리 알리셨던 것처럼
세우신 대한민국 대통령께도 그리 하소서

스바 여왕이
솔로몬의 지혜에 감탄하고
여호와 하나님께서 함께 하심을 믿었던 것처럼
세우신 대한민국 대통령으로 인해
주의 권능이 나타나게 하소서

솔로몬의 신복들이
솔로몬으로 인해 복을 받았던 것처럼
대한민국 국민 모두가
대통령으로 인해
복을 받게 하소서

우리는 알고 있습니다.
여호와 하나님께서 세우신
지도자 한사람으로 인해
만백성이 축복의 길로 인도되어진다는 것을

그리 하소서
쉬지 않는 우리의 기도를 들으시고
주의 뜻을 이루소서.
예수님의 이름으로 기도드립니다. 아멘

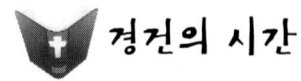

이른 새벽
여호와 하나님께서는
나를 주의 전으로 인도하셨습니다.

말씀을 묵상케 하시고
그 말씀으로
나의 죄를 깨달아 회개케 하시고
나의 기도에 응답하시고
내가 살아가야 할 방향을 주시었습니다.

순간
가슴이 뜨거워졌습니다.
머리에 기억하기에는 아둔하여 금방 잊을 것만 같아
하얀 종이위에 기록하곤 합니다.

혼자 보기에도
가슴 벅찬 은혜를 감당할 수 없어
게시판에 올리곤 합니다.

보고 읽는 이들에게
내게 주신 은혜와
동일한 은혜로 축복하여 주시기를 기도하며
부름받은 자의 사명을 감당하기에
부족함 없게 도와주시옵소서.
예수님의 이름으로 기도드립니다.

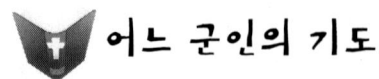

어느 군인의 기도

오늘은 주님의 날
우리에겐 평안과 안식의 기쁨이 있는 날
주님 전에 나가
한 주간의 삶을 돌아보며
회개하고 용서받아
성령님의 은사로 새 힘을 얻는
오늘은 주님의 날

우리의 삶이
세상 유혹에 기웃거리고
예수 그리스도께서 행하고 가르쳐주신
이웃 사랑도 행하지 못한
더럽고 추악한 죄인의 모습 그대로라

보이지 않는 하나님보다
보이는 사람을 더 의식하며
죄와 허물을 쌓아왔던 우리의 삶
주님! 그리스도의 보혈의 피로 깨끗이 씻어 주옵소서

우리의 발걸음을 재촉하시어
주님 전으로 인도하신 주님
성전 앞 많은 나무들조차
영롱한 이슬을 머금은 채
나뭇잎을 흔들며
소리 내어 우리를 반기니
감사하고 감사하나이다.

우리의 마음도
영롱한 눈빛으로 소리 내어 반기며
감사할 수 있는 너그러움과
긍휼을 베풀 수 있는
예수님의 마음을 갖게 하소서

하나님은 예배의 주관자
우리의 예배를 받으시기에 합당하신 분
온 마음과 정성을 다하여
여호와 하나님을 경배하고 찬양하나니
영광 받으시옵소서.

우리의 예배를 기쁘게 받으신 하나님
긍휼을 베푸시사
사랑으로 우리를 용서하시고
성령님의 감화 감동을 입게하시사
새 힘을 얻어 세상을 이기게 하시옵소서.

하나님은 복의 근원이시라
우리를 미리 아시고 정하시어
불러 세워주시고
영화롭게 하신다고 약속하셨으니
우리의 인생이 기쁨이요 희망이라
조국을 지키는 사명이 우리의 것이라

하나님이 세우신 권세아래 굴복하라 하셨으니
세워주신 지도자를 섬기게 하시고
그 지도자를 통하여 해병대가 축복받게 하시고
우리 모두가 축복의 길로 인도되게 하소서

우리의 삶이 사랑으로 가득하여
남을 용납할 수 있게 하시고
우리의 삶이 기도로 가득하여
하나님과 교통하며 살게 하시어
본향을 향해 달려가는
복 있는 나그네요 행인의 인생이 되게 하소서
예수님의 이름으로 기도드립니다. 아멘

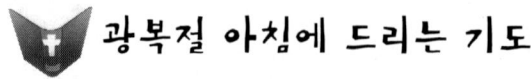 # 광복절 아침에 드리는 기도

8·15 광복절 아침
집 앞에 태극기를 게양하며
나의 조국 대한민국을 위해 기도드립니다.

사랑의 하나님
대한민국을 사랑하시어
36년간 일본국 통치하에 두시어
우리에게 조국을 사랑할 줄 알게 하시고
일본국으로부터 조국 해방의 기회를 주시어
내 나라 내 땅을 갖게 하신 은혜에 감사를 드립니다.

또한, 이 땅에 동족간의 전쟁을 일으키시어
지금까지 분단된 조국을 갖게 하신 주님
비록 우리는 안타까움으로 조국을 바라보고 있지만
모든 것이 하나님의 계획 하에 있음을 고백하며
전쟁을 통해 복음의 씨앗이 뿌리를 내리고
하나님의 나라가 확장되게 하심을 감사드립니다.

여호와 하나님
하나님의 크신 사랑에 감사하지 못하고
우리는 지금 미움, 시기, 질투 등 사회적 갈등 속에서
서로를 용납하지도 사랑하지도 못하며 죄악의 길로 치닫고 있습니다.

지금 이 나라는
음란하여 가정이 파괴되고
케케묵은 공산주의로 사회가 파괴되고
사랑이신 하나님을 거역하여 영혼이 파괴되고 있습니다.
주님! 어리석은 이 나라 이 백성을 용서하여 주옵소서.
헐벗고 굶주렸던 선조들의 고통을 잊었나이다.
전쟁의 참혹함과 우리를 도와 함께 싸웠던
우리의 친구를 잊었나이다.

주님! 바라옵니다.
우리에게
하나님을 잊을 만큼 배부르지 않게 하옵소서.

하나님을 원망할 만큼 배고프지 않게 하옵소서.
우리의 가정과 우리의 사회, 우리의 영혼을 파괴하는
사단의 역사를 물리쳐 주옵소서.

8·15 광복절 아침에
예수님의 이름으로 기도드립니다. 아멘

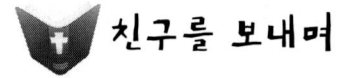
친구를 보내며

젊은 날
소박한 꿈으로 날아와
옥포만 모퉁이에 자리 잡고
힘겨운 날갯짓하며
내일을 향해 인고의 시간을 보냈던 너

바다와 하늘
그리고 땅
돌고 돌아 더 이상 갈 곳이 없어
일찌감치 본향을 향해 갔구나

삶의 찌든 고통도
사랑의 아픔도
혈육의 그리움도
한줌의 재로 남기고
그렇게 떠났구나

이제 너의 본향을 찾아
너를 세상에 보냈던
하나님 앞에 엎드리어
이곳에서의 고통과 그리움을 토해버리고
천국의 기쁨을 누리거라

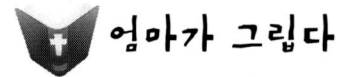 엄마가 그립다

엄마가 그립다.
나이가 들어 엄마라는 소리가 쑥스럽고
어머니라는 소리가 어울릴 법도 한데

오늘 아침
왠지 엄마를 부르고 싶다.
그리고 무척 보고프다.

내가 왜 이럴까
갑자기 어린아이가 된 듯하다.
다 큰 딸이 옆에 있는데도
나는 어린아이가 되어있다.

엄마! 어디 아픈데 없지
아침식사는 했어
전화도 자주 못 했어
미안해
내 기도 많이 해주고 있지

나는 이렇게 내 생각만 하며
엄마를 불러본다.
팔순이 지난 엄마는 여전히 나의 큰 버팀목이고
나의 안식처이다.

평생 하나님만을 바라보며 살아오신 엄마
바다로 에워싸인 조그만 섬에서
내가 아프면 교회로 데려가 기도하던 엄마
지금도 무릎이 닳도록 기도하는 엄마
엄마의 기도로 지금의 내가 있음을 감사한다.

이제 나는 엄마를 위해 기도한다.
하나님께서 언제 거두어 가실지 모르겠지만
그때까지 아프지 않게 해달라고
그리고 하나님께서 나를 통해
세상에서 웃을 수 있는 가장 큰 기쁨을
엄마에게 주시기를 원한다고…

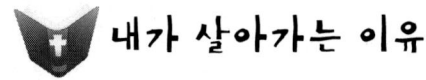 # 내가 살아가는 이유

50년의 삶 속에서
30년의 군 생활
끝나지 않은 내 절반의 인생이다.

절반의 인생이 끝나기 전
나는 나의 후반전 인생을 준비하기 위해
하나님이 내게 준 재능을 찾아 나선다.

내가 살아가는 이유
하나님이 나를 세상에 보낸 이유
그 이유를 찾아
그 목적을 이루기 위해서다.

처음에는 왜 사는지 몰랐다
삶의 폭풍을 맞아가며
이만큼 살아와 뒤돌아보니
내가 살아가는 이유는
내가 아닌 다른 이를 위함이다.

그동안 열심히 공부했던 것도
누군가를 돕기 위함이었고
열심히 일했던 것도
누군가를 돕기 위함이었으며
열심히 기도하고 예배했던 것도
알고 보면 누군가를 위함이었으니
내가 살아가는 이유는 나눔이다.

나는 그 나눔을 위해
나의 후반전 인생을 살아갈 것이다.

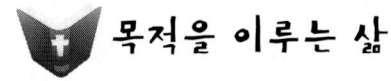 # 목적을 이루는 삶

"너희 안에서 행하시는 이는 하나님이시니
자기의 기쁘신 뜻을 위하여
너희로 소원을 두고 행하게 하시나니"

내 마음 속에서 일어나는
하고 싶고(To do)
갖고 싶고(To have)
되고 싶은(To be) 소망은
모두가 하나님의 뜻을 위한
하나님의 생각

현재의 상황이 아무리 불가능해 보여도
안 된다는 생각으로
피하거나 포기하지 말고
된다는 생각으로
도전하고 또 도전하라
어차피 이루시는 이는 하나님이다.

우주만물을 창조하신 하나님께
불가능이란 없으니
어떤 경우에도
안 된다 하지 마라

마음속에서 떠오른 생각과 소망은
하나님의 음성이고
하나님의 뜻이며
나를 향한 하나님의 목적이기 때문이다.